S. Pomej

Agathas Geist in Ägypten

"Denken wir nur an die guten Tage, die kommen werden." - Agatha Christie

1. Kapitel: **Die Ferne ruft**

"Vater und Mutter werden Sie vergessen, aber mich nicht!", prophezeite der Feldwebel in rüdem Ton. Mit Argusaugen schritt er zackig die Reihe der Rekruten am Truppenübungsplatz ab. Seine Kommandos brüllte er lauter als üblich.

Die jungen Soldaten, einige von ihnen so stolz auf ihre Uniform, gehorchten und machten abwechselnd Liegestütze, Sprünge aus der Hocke heraus und ließen sich beim Kommando DECKUNG sofort auf den harten Asphalt fallen.

"Jericho, Sie lahme Ente!", krähte der Spieß und kam auf den schon erschöpften Rekruten zu, der ziemlich zerschlagen auf dem Rücken lag, keuchte und in den blauen Himmel starrte, von dem erbarmungslos die Sonne herniederbrannte.

Ohne Vorwarnung sah dieser den Feldwebel über sich auftauchen. Mit einem Gesichtsausdruck, den man nur als mordlustig bezeichnen konnte.

"Ich befördere Sie wegen Unfähigkeit zum Tode!", sprach der fiese Feldwebel, zog die Pistole aus dem Holster an seiner linken Seite, drückte ab und verpasste ihm einen Bauchschuss.

Begleitet von dem Donnerknall setzte höllischer Schmerz ein und Jonas erwachte schweißgebadet in seinem Bett. Noch unter dem intensiven Eindruck des Nachtalbs befühlte er den äußerlich unversehrten Bauch. Wie immer, wenn er zu viel gegessen hatte, träumte er von seiner Zeit als Grundwehrdiener, die bereits über 20 Jahre zurücklag - doch einen bleibenden Eindruck bei ihm hinterlassen hatte.

Von Bauchschmerzen geplagt rollte er aus seinem Bett und schlurfte in die Küche, um sich rasch Kamillentee zu machen. In seinem gestreiften Pyjama fror er ein wenig, als er seine Küche danach durchsuchte. Leider fand er keinen Kamillentee in seinem Vorratsschränkchen und auch nicht in den Tiefen der anderen Küchenschränke. Gerade ein Päckchen Salbeitee fiel ihm in die Hände. Ein Blick auf die Uhr zeigte ihm, dass es schon halb nach zwei war. Also rief er einfach seine Oma an, um ihren Rat einzuholen.

"Hallo Omi, warst du eh noch wach?"

"Nein, wie kommst du denn darauf?" Ihre Stimme klang verärgert.

"Na, du erzählst mir doch dauernd, dass du mitten in der Nacht nicht schlafen kannst und Kreuzworträtsel löst."

"Mitten in der Nacht ist bei mir von Mitternacht bis ein Uhr", schnaubte sie. "Jetzt ist es schon eineinhalb Stunden nach mitten in der Nacht! Was ist denn gar so wichtig?"

"Ich habe Bauchweh und keinen Kamillentee mehr. Kann ich auch Salbeitee gegen die Schmerzen trinken?"

Das durch die Zähne gestoßene "Du kannst auch aus dem Fenster springen, dann bist du alle Schmerzen gründlich los!" schmerzte ihn etwas. Aber manche Verwandte entwickelten sich zu einem ganzen Nervensägewerk. Und nicht nur diese, wie Jonas frühmorgens bei seiner Ankunft in der Redaktion feststellen musste...

Der Chefredakteur aus der Hölle, wie ihn Jonas oftmalig insgeheim nannte, zitierte ihn an diesem Montag, dem 5. Oktober, zu sich und legte unverzüglich los: "Sensationsfund von 59 Sarkophagen! Schon mal was davon gehört, Jericho? Stand gestern in der Sonntagszeitung unserer Konkurrenz! Oder haben Sie einfach durchgeschlafen?"

Bei dem Vorwurf wedelte sich Riasek mit eben dieser Zeitung enerviert Luft zu, als er auf seinem Ledersessel breitbeinig hinter seinem Schreibtisch saß wie eine fette Spinne im Netz.

Verlegenes Kopfschütteln vonseiten des Angesprochenen. Der Redaktions-Insiderwitz 'Bei uns misst das Barometer den Luftdruck, den Riasek erzeugt' fiel ihm ein.

"Die Last des eigenen Unvermögens wiegt schwer und erdrückt mich schier." In seinem schwarzen Anzug kam sich Jonas vor wie auf seiner eigenen Beerdigung.

"Sie haben gestern die Kronenzeitung also nicht gelesen?", wiederholte der nervige Chefredakteur unnötigerweise.

Mit einem Schulterzucken antwortete Jonas.

"Nein? Dann lese ich Ihnen gern mal was vor: Archäologen haben in der bekannten Grabstätte Saqqara

59 Sarkophage aus altägyptischer Zeit entdeckt, die seit fast 2.600 Jahren nicht geöffnet wurden. Sie sind in sehr gutem Zustand und haben ihre Originalfarbe erhalten. Der ägyptische Antikenminister Kahlid al-Anani war bei der Öffnung eines Sarges dabei und sagte, die Mumie hat ausgesehen, als wäre sie erst gestern mumifiziert worden."

Oh mein Gott, dachte Jonas gelangweilt, der wieder einmal wie ein armer Sünder vor seinem Chef stand, der Alte hört sich gerne reden, er hätte Staubsaugervertreter werden sollen.

"Die Sarkophage gehörten zu Priestern und hohen Offiziellen aus der Spätzeit des Alten Ägyptens. Ausgestellt werden sollen die Fundstücke im neuen Großen Ägyptischen Museum, das nahe den Pyramiden von Gizeh gebaut wird." Mit großen Augen und herabgezogenen Mundwinkeln starrte der Chefredakteur zu Jonas, als hätte sich dieser eines schweren Verbrechens schuldig gemacht.

"Ja, und soll ich nun über den Bau des neuen Museums berichten oder über die Einlagerung der Särge?"

"So eine blöde Frage! Sie hätten bei der Sargöffnung dabei sein sollen, Jericho!", brüllte er ihn an.

"Aber bitte, woher sollte ich denn das wissen? Es gelangen doch solche Altertums-News erst dann für uns ausländische Reporter ans Licht, wenn der Sarg zum zweiten Mal offen ist, denn die Öffnung vor den Kameralinsen ist doch nicht die erste gewesen!"

"So gescheit bin ich auch, und natürlich weiß ich, dass die da unten im Kamelkarawanenland nur sehr dürftig mit Funden an die Öffentlichkeit gehen. Dennoch hätte ich mir von Ihnen erwartet, dass Sie zumindest einen Wink oder Link vernommen hätten und mir davon berichtet." Dabei warf er die Zeitung der Konkurrenz über seinen Schreibtisch hinweg theatralisch in die Luft.

Geschickt fing sie Jonas auf und

guckte auf das Bild: Um einen offenen Sarkophag, in welchem eine bunte Mumie lag, standen unzählige seiner Kollegen mit in die Höhe gereckten Kameras, um das denkwürdige Spektakel der ans Tageslicht beförderten altägyptischen Toten abzulichten. Gleich vorne am Sarg hatten sich einige noch quicklebendige ägyptische Offizielle versammelt und taten so, als sähen sie den Inhalt zum Allererstenmal.

"Kennen Sie einen von den Kollegen, Herr Riasek?"

"NEIN! Höchstens den, der das Foto geschossen hat und darum nicht drauf ist", scherzte er. "Außerdem werde ich doch nicht IHRE Arbeit machen."

"Natürlich nicht..."

"Jetzt schauen Sie nicht so langsam, Sie lahme Ente", spornte ihn der Chefredakteur rüde an, wobei er ein Gesicht machte, mit dem er Kinder hätte erschrecken können, "schieben Sie Ihren Hintern gefälligst in Bewegung und verduften Sie in Richtung Nil!"

Von einer Reisepauschale redete er wie üblich nicht, denn er erwartete von Jonas, sich seinen Trip zu den Sarkophagen ins Pyramidenland selbst zu bezahlen.

Während Jonas knapp vor 10 Uhr seinen Koffer für den rasch gebuchten Last-Minute-Flug um 11.15 Uhr packte, erreichte ihn ein Anruf seiner Oma, die sich wunderte, dass er nach Ägypten abkommandiert wurde, wo die 59 Särge doch schon längst abfotografiert waren.

"Aber Oma, das ist doch sonnenklar", klärte er sie auf. "Der Alte will eine tolle Hintergrundstory von dem Fund, um meine Scharte auszuwetzen, denn seiner Meinung nach bin ich schuld, dass wir die Story von den auf einmal aufgetauchten Mumien verpasst haben."

"Aha", sagte seine Oma, "du sollst also etwas schreiben, das die

Leser aus den Socken haut."

"Exakt. Muss leider Schluss machen, Oma, ich muss noch ein Taxi erwischen, mich am Airport perlustrieren lassen und mir im Internet ein leistbares Hotel suchen."

"Spar nicht beim Hotel, Junge. Glaub mir, du triffst in einem 5-Stern-Hotel die interessanteren Leute", gab sie ihm noch als weisen Ratschlag mit auf die Reise.

"Ja, wahrscheinlich arrogante Snobs."

"Sag ich doch: die interessanteren Leute", insistierte sie und legte auf.

Legitimiert durch den Auftrag, so schnell wie möglich den Flughafen zu erreichen, überschritt der Taxifahrer das Tempolimit innerhalb Wiens. Sein Kunde würde das Strafmandat schon bezahlen, wenn dem Auge des Gesetzes die Raserei auffiele.

"Wo soll's denn hingehen, Meister?", fragte der Rasende.

"Och, nur nach Ägypten."

"Da war ich voriges Jahr im Urlaub, oder auch vorvoriges, das weiß ich jetzt nicht mehr so genau..." Es folgte ein langer Urlaubsbericht über seine verpassten Mitfahrgelegenheiten im Hinterland der Pharaonen, freche Kameltreiber mit störrischen Trampeltieren und abweisende Bauchtänzerinnen, der Jonas nur peripher interessierte. Einzig der Rat, sich nicht auf irgendwelche Kuhhändel mit dubiosen Souvenirverkäufern einzulassen, schien ihm eine Erinnerung wert.

Im Flugzeug saß er neben einer attraktiven Dame, die ein Odeur von teurem Parfum verströmte, leicht mit überkreuzten Beinen wippend, während sie ein Buch las. Bisher hatte sie das Buch für sich alleine gehabt, aber ab Seite 17 las er mit, dank seiner Sitzposition problemlos und auch von ihr unbemerkt. Und in einer Weise, die Niveau hatte - es zeigte sich, dass sie sich beide auf rhythmisch abgestimmter

Augenhöhe bewegten: just als er rechts unten die letzte Zeile las, schlug sie die Seite um. Ein ausgesprochen eingespieltes oder genauer, eingelesenes Team.

Das Buch zeigte sich eloquent geschrieben, eine lockere Reiselektüre, die zu seiner lockeren Sitzhaltung perfekt passte. Er war wohl just an der Stelle eingestiegen, die zu einer der Schlüsselszenen hinführte: klassischer Handlungsstrang - Protagonist versus Antagonist, der Schauplatz befand sich in einer Zeitungsredaktion, was ihm sehr vertraut vorkam, und es versprach spannend zu werden. Erzählperspektive: 3. Person.

Der Flug verlief ohne besondere Vorkommnisse und näherte sich der Landung. Die Aufforderung zum Anschnallen ließ seine Sitznachbarin das Buch lautstark zuklappen. Es trug den Titel TODESPUNKT und sie wandte ihm unvermittelt ihr perfekt geschminktes Antlitz zu.

"Und? Wie fanden Sie es?"

Ertappt erwiderte er schlagfertig: "Äh, toll! Und es erinnerte mich sogar stark an meine eigenen Erlebnisse als Journalist."

Normalerweise war dieser Hinweis meist der Einstieg zu einem längeren Gespräch mit neugierigen Fragen über die kommende Reportage, doch die Dame zeigte sich wenig beeindruckt. Ohne weiteres Wort erhob sie sich sofort nach der Landung, schnappte sich ihr Handgepäck und schwebte förmlich federnden Ganges aus dem Flugzeug.

Naja, dachte sich Jonas etwas enttäuscht, dafür wird sie in der Hölle schmoren und Millionen Schlangen werden sie in ihre schönen Beine beißen.

2. Kapitel: **Menschen im Hotel**

Das Hotel Pharaos Inn - ein gediegenes Haus mit etwas abgeblättertem Blattgold an den Säulen in der Empfangshalle - zeigte sich fest in der Hand englischer Gäste. Einige der illustren

Gästeschar hatte Jonas bereits im Shuttle-Bus getroffen und die Zeit während des Check-in zum Small Talk genutzt. Es schien fast so, als hätte der Direktor einen Vertrag mit dem englischen Fremdenverkehrsverband. Alle bis auf wenige Ausnahmen gehörten augenscheinlich zur Oberschicht des Königreichs. Man konnte an der Kleidung und den Geschmeiden der Damen sowie den teuren Uhren der Herren gleich auf die Einkommensklasse der Träger und Trägerinnen schließen. Einer der Gentlemen, ein gewisser Terence Trenton, welcher frappant dem Schauspieler Klaus Kinski nach dem letzten Exzess ähnelte, fiel zudem mit seinem starken Rasierwasser auf, er schien sich darin gebadet zu haben. Einige der Damen rümpften die Nasen und hielten großen Abstand zu ihm.

Oma hatte recht, die Wahl des Hotels ist für die Bekanntschaft interessanter Menschen wichtig, erkannte Jonas.

Sein Zimmer in der zweiten Etage zeigte sich sehr komfortabel und aus dem Fenster eröffnete sich dem europäischen Betrachter eine Szene quirligen Lebens auf einem fremden Kontinent. Jonas scrollte auf seinem Smartphone zu einem langjährigen Kollegen bei der Konkurrenz-Zeitung, um die Nummer eines ägyptischen Journalisten zu erfahren. Nach kurzem Gespräch - man war in der Branche immer kollegial - erhielt er den Namen Ibrahim Belosi und die gewünschte Redaktionsnummer der Zeitung, bei welcher dieser beschäftigt war. Doch ein sofortiger Anruf dort brachte ihn nicht weiter. Der Mann am anderen Ende der Leitung teilte ihm in schlechtem Englisch mit, dass Ibrahim verhindert sei - und zwar seit gestern oder auch vorgestern, das wusste der nicht mehr so genau.

Das fängt schon schlecht an, dachte er sich, aber ich gebe ja nicht so leicht auf, aber zuerst muss ich etwas essen.

Per Zufall erfuhr er in der

Hotelküche, wo er sich einen Snack in Form eines Fladenbrotes kaufte, von einem der passabel englisch sprechenden Köche, dass Ibrahim Belosi ein Zimmer im Hotel gehabt und es ohne zu bezahlen verlassen hatte. Daher bemühte er sich sogleich gesättigt zum Direktor, der ihn nach Inspektion seines Presseausweises in einem schönen Büro im ersten Stock empfing.

"Wie ich hörte, logierte bei Ihnen mein Kollege Mr. Belosi, der offenbar verschwunden ist. Haben Sie bereits Vermisstenanzeige erstattet?", fragte er den Hoteldirektor Mr. Tahiri, einen rundlichen Herrn mit Schnurbart, der einen roten Fes am Kopf trug. Dieser kegelförmige Hut erinnerte Jonas an die Warnblinker auf dem Dach von Rettungsfahrzeugen.

"Nein, das ist nicht meine Aufgabe. Außerdem ist Mr. Belosi von Berufs wegen oft verhindert und kann daher jede Minute hier auftauchen." Ein zuversichtliches Lächeln unterstrich diese Annahme.

Nun begann Jonas zu fabulieren, denn er wollte schließlich in Erfahrung bringen, ob der Kollege tatsächlich aufgrund seiner Recherche freiwillig verschwand oder von jemandem einfach so verschwinden lassen worden ist. Seit dem Arabischen Frühling lebten Reporter in Ägypten manchmal gefährlich. "Ich stehe etwas unter Zeitdruck. Wir haben an einer Reportage über Ihr schönes Land zusammengearbeitet und ich bräuchte dringend seine bereits gesammelten Informationen. Darf ich sein Zimmer in Augenschein nehmen?"

"Nun, ich denke nicht, dass ich das gestatten kann, außer..." Er ließ das Satzende weg und deutete mit der rechten Hand schnell und unauffällig eine Geldgeste an. "Die Bank ist gleich nebenan."

Natürlich wollte er Bargeld als Bakschisch sehen, da er sonst die Kreditkarten-Abrechnung in seiner Buchhaltung entsprechend begründen müsste. Daher eilte

Jonas in die Bank und ließ sich ein erkleckliches Sümmchen in Ägyptischen Pfund auszahlen. Die verstaute er in einem Lederportemonnaie, das er unter seinem Hemd um den Hals hängen hatte. Dieser Halstresor hatte ihm schon in manch fernem Land gute Dienste geleistet. Letztlich spendete er Tahiri 500 davon und durfte sich unter dessen wachsamen Augen im Zimmer des vermissten Kollegen etwas umsehen.

Das erste, was ihm auffiel, waren einige auf dem Nachttisch liegende, abgerissene Notizzettel, auf denen etwas in arabischer Schrift stand.

"Würden Sie mir das bitte übersetzen?", fragte er Tahiri und befürchtete wieder eine Geldgeste.

Doch dieser lächelte gütig und las mit zusammengekniffenen Augen vor: "Mr. Azir gewährte mir bisher keine Audienz, aber Ali teilte mir mit, dass er mit der Sache zu tun haben muss. Doch was genau? Auftraggeber? Hehler? Kaufinteressent?"

Während der Direktor brav übersetzte, klaubte sich Jonas einige zerknüllte Papierbällchen aus dem Papierkorb und entfaltete sie neugierig. Darauf waren einige Telefonnummern und Namen vermerkt, die er lesen konnte, und von denen er annahm, die Gespräche hätten wohl nichts Wichtiges ergeben, daher waren die Papiere in den Müll gewandert. Dennoch steckte er sie sich schleunigst in die Hosentasche. Immerhin hatte er selbst schon einige Telefonnummern als unwichtig erachtet, die sich nachher als ausgesprochen hilfreich herausgestellt hatten.

Inzwischen war Tahiri beim letzten Zettel angekommen: "Die gefundenen Artefakte scheinen alle echt zu sein. Bis auf ..."

"Ja?" Interessiert sah ihn Jonas an.

Bedauernd zuckte Tahiri die Schultern. "Hier hört er auf. Scheint unterbrochen worden zu sein." Sorgsam legte er die Zettel wieder an ihren Platz. "Aber das zeigt doch, dass er die Absicht hatte, wieder hierher zurückzukommen."

"Genau das glaube ich auch, doch scheint mir der Fall zu sein, er konnte es nicht."

"Nun, wie ich schon anmerkte, ist Mr. Belosi oft unterwegs und kann jede Minute unverhofft hier auftauchen. Daher sollten wir sein Zimmer wieder verlassen."

Unwillig folgte Jonas dem Hoteldirektor hinaus und versuchte noch dessen Wissen anzuzapfen. "Kennen Sie diesen Azir?"

"Äh-nein, dieser Name kommt hierzulande häufig vor."

Den Wahrheitsgehalt dieser Antwort zweifelte Jonas an. Es mochte wohl stimmen, dass der Name häufig vorkam, doch im Zusammenhang mit Hehler, Kaufinteressent und Auftraggeber wohl eher nicht so häufig. Ein Mann wie Tahiri, welcher ein großes Hotel in Kairo leitete, sollte dahingehend schon einen Verdacht haben, wer gemeint sein konnte. Doch er hütete sich, ihm seinen Verdacht mitzuteilen, da er ihn nicht gegen sich aufbringen wollte. Schließlich konnte er ihm noch nützlich sein.

"Warum leistete Ibrahim sich überhaupt ein so teures Hotelzimmer? Wenn er in der Stadt arbeitet, wäre es doch günstiger sich eine Wohnung zu nehmen."

"Mr. Belosi ist unverheiratet und deshalb nimmt er gern die Annehmlichkeiten in Anspruch, die ihm unser Hotel bietet."

"Ja, das leuchtet mir natürlich ein. Würden Sie mich verständigen, wenn Mr. Belosi wieder auftaucht?"

"Aber sehr gerne!", versprach Tahiri und zog sich wieder in sein Büro zurück.

Als Jonas die erste Telefonnummer auf dem Zettel aus Belosis Papierkorb ausprobierte, stellte er sich auf Englisch kurzerhand dem Teilnehmer als dessen Freund vor.

"Hello, mein Name ist Jonas und ich habe Ihre Nummer von meinem Freund Belosi, der leider nicht erreichbar ist. Ich müsste ihn dringend sprechen, wissen Sie vielleicht, wo er sich gerade aufhält?"

"Nein."

"Schade. Wissen Sie vielleicht, welchen Grund er hatte so einfach zu verschwinden?"

"Belosi schuldet mir noch 290 Pfund, wollen Sie seine Schuld begleichen?"

"Davon hat er mir nichts gesagt."

"Nennen Sie mich einen Lügner?" Die Stimme des Mannes bekam plötzlich einen drohenden Unterton.

"Aber natürlich nicht, nur sehe ich mich nicht als den Schuldenzahler meines Freundes, außer, er hätte mich extra darum gebeten, verstehen Sie?"

"Ja, das verstehe ich", sagte er wieder ruhig.

"Etwas anderes noch: kennen Sie einen gewissen Mr. Azir?"

"Nadim Ben Ali Azir? Ja, den kenne ich! Aber der wird Belosis Schulden bei mir auch nicht bezahlen, obwohl er so reich ist."

Damit legte der Unbekannte auf und Jonas hatte nun zumindest einen Vornamen erfahren. Sein nächster Weg führte ihn zur Rezeption.

"Ich bräuchte die Telefonnummer von Mr. Nadim Ben Ali Azir."

"Oh, ich muss bedauern, es ist mir nicht gestattet, seine Nummer zu verlautbaren."

Aha, dachte sich Jonas, das ist schon verdächtig. Der kennt ihn und weiß, dass er offenbar menschenscheu ist. "Nun, wie kann ich dann am besten in Kontakt mit ihm treten? Rein beruflich, ich bin kein Bittsteller."

"Ich würde vorschlagen, Sie schreiben ihm ganz altmodisch einige Zeilen, wir stecken sie in einen

Umschlag und ein Page befördert den Brief dann per Fuß zu ihm", erläuterte der Rezeptionist, ein junger Ägypter mit Schnauzbärtchen in roter Livree, der ihm einen Hotelbriefpapierbogen samt Füllfeder überreichte.

"Das ist eine ausgezeichnete Idee", freute sich Jonas, schrieb Nadim Azir, dass er in seiner Funktion als Journalist über die letzten Funde der Sarkophage recherchiere und daher um eine Audienz bei ihm bat. "So, wenn Sie bitte veranlassen, dass der Brief sein Ziel erreicht!"

"Selbverständlich!" Der Rezeptionist nahm Brief und eine große Pfundnote zwecks Beförderung an sich und nickte wohlwollend.

Kaum hatte sich Jonas von ihm abgewandt, fiel ihm Terence Trenton auf, der in der Empfangshalle auf und abschlenderte. Er hielt sein Handy am Ohr, doch es sah so aus, als führte er nur Selbstgespräche mit beängstigenden

Gesichtsentgleisungen. Unauffällig näherte sich ihm Jonas, um zu hören, was er zu sagen hatte.

"Es hat etwas länger gedauert? ETWAS? Sie schicke ich um den Tod! JAAA! Die Welt ist eine ungerechte: die einen haben mehr Appetit als Essen und die anderen mehr Essen als Appetit! Ich habe eine Anzahlung geleistet und nun fordere ich die Lieferung, aber pronto, KAPIERT?" Scheinbar wütend steckte er sich sein Mobiltelefon in die Jackentasche seines mausgrauen Anzuges und eilte zum Ausgang.

3. Kapitel: **Schreck zum Dinner**

Wie es der Zufall wollte, geriet Jonas beim Dinner an den Tisch der Lady Ecclesthorpe, welche er aus den englischen Gazetten ausreichend kannte. Reichlich aufgetakelt schummelte sich die Generalswitwe im besten Alter immer wieder zwischen Filmstars und Angehörige der königlichen Familie. Zuerst fielen ihm ihre knallrot lackierten Fingernägel auf, die Hände dazu tappten mit den Fingern ungeduldig auf die Tischplatte, das Antlitz, leicht verwittert, schien gelangweilt. Lächelnd nickte er ihr zu und fragte, ob er sich zu ihr setzen dürfe. Lady Ecclesthorpe, die ihn streng musterte, bejahte und sie führten eingangs ein unverfängliches Gespräch über die Nahrungsaufnahme. Dieses Thema eignete sich laut Jonas Erfahrung am besten, um mit einer englischen Dame ins Gespräch zu kommen. Vor allem, wenn es sich um flüssige Nahrung handelte.

"Ich beginne den Tag immer mit Irish Coffee", erklärte sie freimütig. "Das hebt meinen niederen Blutdruck." Sodann erkundigte sie sich zwischen zwei Gängen nach seinem Beruf.

"Ich bin unterwegs im Auftrag der Presse", gab er stolz bekannt. "Auf der Suche nach seltenen Artefakten."

"Ach, Journalist sind Sie?" Ihr Ton glitt hörbar Richtung Verachtung ab.

"Sind Sie sich dann überhaupt Ihrer Macht bewusst?"

"Macht? Welche Macht meinen Sie?"

"Ich gab einmal dem Leicester-Herold ein langes Interview, in welchem ich mich über das feuchte Wetter mit einem 'Das ist schrecklich und macht mich krank' äußerte, danach fragte mich dieser hinterhältige Schmierfink, was ich vom Megxit halte, ich sagte 'No Comment' und er setzte dann bei Veröffentlichung der Megxit-Frage meinen Satz vom Wetter 'Das ist schrecklich und macht mich krank' darunter. So eine infame Unverschämtheit!"

"Und deswegen mussten Sie nach Ägypten emigrieren?", fragte Jonas ganz perplex.

"Aber nein! Ich bin natürlich nur auf Urlaub hier, denn zum Glück liest das Königshaus dieses Schundblatt gar nicht!"

"Sie scheinen auf etwas zu

warten", bemerkte Jonas und zeigte auf ihre noch immer tappenden Finger.

"Das ist nur meine Nervosität, vor allem, wo hier ein Mord geschehen sein soll."

"Ein Mord? Das interessiert mich! Wer soll denn ermordet worden sein?"

"Einer Ihrer Kollegen", gab sie amüsiert bekannt. "Ja wissen Sie darüber noch nichts Genaues?"

"Bedaure, ich weiß darüber noch überhaupt nichts", gab er unumwunden zu. "Von wem haben Sie denn diese morbide Nachricht bekommen, und vor allem wann?"

"Gerade eben von einem Mitreisenden, dessen Namen ich nicht erinnere, er ist ziemlich affektiert. Jedenfalls erzählte er, dass ein Reporter bei einer intensiven Recherche nach plötzlich aufgetauchten Relikten abgemurkst worden sein soll. So seine Worte." Ihr Profil hatte etwas Habichthaftes.

Als Jonas sie nach dem Erscheinungsbild des affektierten Informanten befragen wollte, stand sie auf und begrüßte eine Bekannte, welche sie zu einer Kutschenfahrt einlud. Vergnügt schnatternd verließen die zwei den Speisesaal. Enttäuscht sah er den beiden Damen nach und schon war der Spürhund in ihm geweckt.

"Mr. Jericho", sprach ihn Lady Brighton an, eine Dame mittleren Alters, die mit ihrem Gatten, einem echten Lord, hier auf Urlaub war, wie Jonas bereits im Shuttle-Bus erfahren hatte.

"Lady Brighton, haben Sie sich schon etwas hier umgesehen?"

"Leider ist mir mein Gatte abhanden gekommen." In ihrem langen Kleid mit der Stola und einem kleinen Handtäschchen sah die aparte Brünette aus wie gerade aus dem 19. Jahrhundert entsprungen.

"Darf ich Ihnen meinen Begleitschutz anbieten?" Galant hielt ihr Jonas seinen Arm hin, in den sie sich dankbar einhakte, und machte ihr ein Kompliment. "Ihr Parfum riecht sehr angenehm."

"Auch die alten Ägypter rochen sehr gut", klärte sie ihn auf, "es wurde in einer Amphore einer Pharaonin noch ein Rest von Weihrauch gefunden. Düfte haben in der ägyptischen Gesellschaft eine wichtige Rolle gespielt und die ganze antike Welt wollte Parfüm aus Ägypten. Das Rezept eines Öles für das Jenseits nannte sich Hknw, was Freude heißt, fand sich an der Tempelwand in Edfu eingemeißelt. Die zerriebene Frucht des Johannisbrotbaums, Myrrhe und das süßliche Harz des Storaxbaums wurden zu einer klebrigen Paste verarbeitet."

Ohne die geringste Ahnung vom Duft eines Storaxbaums flunkerte er: "Mmmh, das muss so gut gerochen haben wie Ihr Parfum."

"Sie Schmeichler!"

Beide gingen im Gleichschritt Richtung Hotelgarten, um in der gepflegten Grünanlage zu lustwandeln, während die Lady unaufhörlich ihr Wissen über Düfte des Altertums preisgab.

"Und ein Beamter war im Palast ausschließlich für die Aufbewahrung der Duft-Kostbarkeiten verantwortlich."

"Das muss im goldenen Zeitalter gewesen sein", schätzte Jonas, der die ägyptische Geschichte nur sehr oberflächlich kannte.

"Das goldene Zeitalter ist vorbei. Aber gab es je eines?"

"Für die reichen Ägypter jedenfalls."

"Ich finde, ein Zeitalter ist nur golden, wenn es allen gut geht."

"Ach, Lady Brighton, das klingt mir ganz verdächtig nach Sozialromantik."

"Jahaha", lachte sie herzhaft. "Das wirft mir mein Mann auch immer vor. Ich wäre eine Sozialromantikerin. Immer, wenn ich eine Spendengala organisiere."

"Oh, da wäre ich gern dabei!"

"Wenn Sie jemals in die Grafschaft Sussex kommen, sind Sie herzlich eingeladen."

Das wollte sich Jonas merken, denn ein großer Bekanntenkreis kann einem oft ein Hotel im Urlaub ersparen. Von der sehr gesprächigen Lady erfuhr er, ihr Gatte hätte sich vergeblich in der Politik engagiert und würde nun beim Ägyptenurlaub Kraft für einen neuerlichen Anlauf tanken sowie neue Geschäftsfreunde suchen. Beim Plausch verging die Zeit wie im Flug und die beiden beschlossen gemeinsam das Abendessen einzunehmen. Offenbar wollte sie ihn als Ersatz für den abhanden gekommen Gatten nutzen. Ihr Tisch im Speisesaal lag zentral und rund herum füllten sich die Sitze, sodass bald ein reger Redefluss kreuz und quer erfolgte. Und zwischen den gesprochenen Sätzen wurden eifrig die hungrigen Münder mit landesüblichen Köstlichkeiten gestopft. Einen Teil der servierten Gerichte kannte Jonas nicht, hätte lieber eine profane Curry-Wurst geordert, traute sich jedoch nicht. Schließlich tauchte Lord Brighton mit seinem erkennbarem Toupet doch noch auf und erlöste Jonas von der redefreudigen Frau Gemahlin.

Im Salon tummelten sich die Damen und Herren der englischen Oberschicht in Galakleidung. Lord Newring, Lady Danice und noch einige, deren Namen Jonas noch nicht in Erfahrung gebracht hatte. Da Miss Danice eine ausgesprochen hübsche junge Dame mit langen rotbraunen Locken war, zog sie leicht die Aufmerksamkeit der Männer auf sich. Nur Lord Newring schien sie nicht zu beeindrucken. Der Mann trug ein Gesicht zur Schau, von dem Literaten in ihren Werken immer als 'eine Miene wie drei Tage Regenwetter' schrieben.

"Wissen Sie, was meine Oma über so übellaunige Menschen sagte", fragte Jonas rein rhetorisch. "Ein Griesgram ist des Teufels

Königswerk! Denken Sie nicht auch?"

Lady Danice hakte sich bei ihm ein und raunte in sein Ohr: "Früher spielte er Fußball und wurde Mittelfingerspieler genannt, wenn Sie wissen, was das bedeuten soll."

"Oh ja", nickte Jonas eifrig, "solche gibt's ja bei uns in Österreich auch."

Nachdem er eine halbe Stunde ein Loblied auf sich selbst gesungen hatte, verließ Newring den Salon und alle atmeten hörbar auf.

"Vielleicht geht es nur mir so", bekannte Jonas, "aber der gute Mann erinnerte mich an den US-Präsidenten, wenn er immer sagte: Niemand kennt etwas besser als ich, egal ob es sich um den Handel, die Steuern, die Frauen, die Politiker oder was auch immer handelte."

"Genau", stimmte ihm sein Gegenüber zu, ein gewichtiger Mann - mindestens 140 Kilos - und prostete ihm zu. "Achtung, jetzt kommt die Mitternachtseinlage."

Die Stimmung war nun viel entspannter, so wie in einer Schulklasse, wenn der diabolische Lehrer das Klassenzimmer endlich verlassen hatte.

Punkt Mitternacht ging das Unterhaltungsprogramm los. Ein Stepptänzer erschien in einem funkelnden roten Paillettenkostüm und ließ seine Füße wie auf heißen Kohlen auf und abtappen, immer das Klick-Klick-Klick seiner metallischen Beschläge auf den Boden ertönen lassend.

Jonas wollte auch zum Amüsement am Tisch beitragen und flüsterte seiner Sitznachbarin, einer charmanten Dame mit blonder Perücke, ins juwelenbehängte Ohr: "Den möchte ich nicht als Nachbar über mir haben."

"Hihi", lachte sie leise und nickte.

Eigentlich hätte er sich eine Schleiertänzerin gewünscht, die während des Bauchtanzes alle Schleier fallen ließ, doch schien man sich hier lieber nicht mit strengen Geistlichen anlegen zu wollen.

Ganz so, als konnte sie seine Gedanken lesen, fragte ihn die Dame mit der Perücke: "Sie haben sich sicher eine Nackttänzerin gewünscht, wrighty?"

Als Antwort hob er langsam die Hand zum Gesicht, legte den Zeigefinger behutsam ans Unterlied seines rechten Auges und zog es herunter. Sie prusteten explosionsartig heraus, beide zugleich und einige Köpfe drehten sich zu ihnen um. Der Stepptänzer trat endlich ab und ein kleines Orchester spielte einen English Waltz.

"Können Sie tanzen?", fragte ihn die berückende Dame.

"Halb und halb."

"Was heißt das?"

"Wenn mein rechter Fuß im Takt ist, ist der linke raus, und wenn mein linker Fuß im Takt ist, ist der rechte raus."

"Hah, ich werde es Ihnen beibringen", kündigte sie sehr zuversichtlich an, schnappte sich seine linke Hand und zog ihn auf die Tanzfläche.

Seine Performance blieb im mittleren Leistungsbereich und bald verlor die falsche Blondine ihr Interesse an ihm, schnappte sich einen anderen Tanzpartner, was ihm sehr gelegen kam. Schließlich wurde er müde und fühlte auch ein leichtes Drücken in der Magengegend, daher zog er sich auf sein Zimmer zurück.

4. Kapitel: **Begeisterter Besuch**

Weit nach Mitternacht erwachte Jonas mit Bauchschmerzen. Irgendeine der ägyptischen Köstlichkeiten musste er wohl nicht vertragen haben. Es fühlte sich an, als würde eine verschluckte Maus durch sein Gedärm toben und immer kurz vor einer Kurve mit den Zähnen bremsen! Einige Gase verließen seinen Körper durch den

Hinterausgang. Dann ging es auch schon los, er erreichte noch rechtzeitig das WC in seinem Badezimmer, worauf er eine viertel Stunde sitzenblieb. Bald brannte sein After wie die Hölle und er fror als hätte er Eiswürfel zwischen die Zehen geklemmt. Schon wollte er den Hotelarzt wegen einer Vergiftung anrufen, doch schließlich - nach dem Abgang aller störenden Verdauungsrückstände - beruhigte sich sein Magen-Darm-Trakt wieder. Wird wohl nur die Rache des Pharaos gewesen sein, dachte er sich und legte sich wieder hin. Nur um wenig später gleich wieder aus dem Schlaf zu schrecken, als eine ihm verdächtig bekannte Gestalt am Ende seines Bettes stand.

"Mrs. Christie, sind Sie es wirklich oder träume ich?"

"Ich kann Ihnen versichern, dass ich es wirklich bin, aber ob Sie träumen, das müssen Sie schon selbst wissen." Sie hatte einen mit Federn geschmückten Hut auf, unter dem listige Augen blitzten.

"Hm, gibt es einen bestimmten Grund, warum Sie mich wieder heim-äh aufsuchen?" Sogleich kam ihm sein Aufenthalt in good old England wieder in den Sinn. Voriges Jahr hatte er gemeinsam mit der großen Schriftstellerin, respektive mit ihrem freundlichen Geist, den mysteriösen Mord an einem Nabob aufklären können.

"Ich kann zwar nicht in die Zukunft blicken, doch mein untrügliches Gefühl sagt mir, dass unsere Spürnasen bald eine Fährte aufnehmen müssen", orakelte sie geheimnisvoll, wobei sie ein verschmitztes Lächeln zeigte.

"Soso, und? Haben Sie sich hier schon an Orte begeben, die Sie zu Lebzeiten besucht haben?", fragte er in einem höflichen Plauderton, da er die Gegenwart ihres lebhaften Geistes ja schon aus ihrer Heimat gewohnt war.

"Oh ja, darauf können Sie wetten! An all die Stellen, die mit großartigen Bauten das Auge erfreuen, begab ich mich bereits."

"Und wer oder was beeindruckte Sie am meisten?"

"Ramses II., der Fälscher, der sich viele Bauten angeeignet hat, indem er einfach seine Kartusche einmeisseln ließ. Sicher haben Sie den Spruch gehört: Wer die Gegenwart beherrscht, beherrscht die Vergangenheit, und wer die Vergangenheit beherrscht, beherrscht die Zukunft!"

Eine Sirene weckte ihn, wurde stetig leiser, daher folgerte er, ein Einsatzwagen musste das Hotel soeben passiert haben.

"Schade, dass sie fort ist", bedauerte er.

"Wer?", fragte Agatha ihn, die nun direkt neben ihm auf der anderen Seite seines Bettes stand.

"Huch! Sie sind ja immer noch hier."

"Bin gerade erschienen. Haben Sie schon herausgefunden, welcher Ihrer Kollegen ermordet wurde?"

"Äh- nein, bisher war ich so damit beschäftigt, all die neuen Eindrücke und Bekanntschaften hier einzuschätzen."

Ihr tadelnder Blick traf ihn wie eine Nadel direkt an die Stelle, wo das dritte Auge vermutet wurde. "Sie haben sich zu sehr ablenken lassen. Ich will Sie ja nicht kritisieren, doch sobald Sie von dem Tod eines Kollegen erfahren, sollten Sie unverzüglich tätig werden!"

"Immerhin habe ich schon einen Blick in Ibrahim Belosis Zimmer werfen können", verteidigte er sich. "Er ist verschwunden, es kann durchaus sein, dass ER das Mordopfer ist."

"Konnten Sie in seinem Zimmer einen Hinweis auf ein Motiv finden?"

"Nein, äh, das heißt, ich habe bei einem Anruf einer Nummer, die er in den Papierkorb geworfen hatte, herausgefunden, dass er jemanden Geld schuldet. Allerdings nur eine kleine Summe."

"Das Geld ist immer ein Motiv, von der Summe nicht abhängig, es gab schon Morde wegen einer verweigerten Zigarette."

"Stimmt. Ich werde mich morgen dahinter klemmen und versuchen herauszufinden, ob schon sicher ist, dass Belosi das Opfer ist und der Polizei meine Hilfe anbieten."

"Das würde ich an Ihrer Stelle lieber unterlassen. Sehen Sie, die ägyptische Polizei lässt sich nicht gern von ausländischen Journalisten unterstützen, die englische übrigens auch nicht."

"Ja, ich erinnere mich noch an Inspektor Tamzin. Nach dem Frühstück werde ich an Belosis Zimmer pochen, wenn er nicht HEREIN ruft, dann besuche ich wieder den Hoteldirektor."

"Das ist ein guter Plan."

Aus reiner Neugierde fragte er vorsichtig: "Waren Sie heute auch bei dem Fest und haben Ihre lustigen Landsleute beim Tanzvergnügen beobachtet?"

"Oh ja!"

"Und tat es Ihnen leid, nicht in Fleisch und Blut daran teilnehmen zu können?"

"Oh nein! Zu enge Kleider und zu enge Schuhe, zu flache Unterhaltungen und zu laute Musik möchte ich mir nicht mehr antun müssen."

"Wünschen Sie sich nicht wieder, ein Mensch zu sein, Mrs. Christie?"

"Oh Gott, nein! Dazu hat eine Existenz als Geist einfach zu viele Vorteile."

"Zum Beispiel?"

"Kein Klogang, keine Zahnschmerzen mehr, keinen Hitze-Schweiß, keine Transportprobleme, keinen Hunger, keine unerwünschten Annäherungsversuche, keine Streitigkeiten-"

"Sie können aufhören", unterbrach er sie, "ich werde sonst

neidisch. Mit verzerrtem Gesicht griff er sich unter seine Pyjamajacke. "Puh, mein Bauch ist immer noch rebellisch."

"Das wundert mich überhaupt nicht, leider musste ich beobachten, wie Sie im Speisesaal ein Getränk mit Eiswürfeln darin tranken! Auch beim Salat haben Sie heftig zugelangt", kritisierte sie. "Das hat Ihnen Reisediarrhö beschert!"

Dem Griff an den Kopf folgte das Bekenntnis: "Richtig, ich schrieb sogar vor drei Jahren noch einen Artikel über solch dumme Fehler."

"Den hätten Sie vor der Reise nochmals durchlesen sollen", empfahl sie leider zu spät mit ihrem wunderbar trockenen Humor.

"Zum Glück habe ich Magentabletten eingepackt", freute er sich und entnahm sie der Nachttischlade. Als er aufblickte, musste er erkennen, dass er allein im Zimmer war.

5. Kapitel: **Der blauäugige**

Professor

Der nächste Tag begann schon schlecht für Jonas, da er erst um halb 9 Uhr erwachte. Die Sonne schien durch einen Spalt der zugezogenen Vorhänge seines Hotelfensters und ließ bereits ansatzweise ihr Potential erahnen. Bis er geduscht und sich in seinen cremeweißen Sommeranzug gekleidet hatte, war die Stunde voll. Eilig begab er sich zu Belosis Zimmer um heftig anzuklopfen. Doch zu seinem großen Erstaunen hing das Schild DO NOT DISTURB auf dem Türknopf.

Hm, dachte er, dann muss er wohl schon aufgetaucht sein und war genauso müde oder indisponiert wie ich gestern. Daher verzichtete er, den Kollegen aufzuwecken und machte sich auf zum Büro des Hoteldirektors. Eine Sekretärin teilte ihm höflich mit, dass der Herr Direktor leider nicht zu sprechen sei, er sei heute noch gar nicht erschienen, was bisher noch nie der Fall gewesen sei.

"Na hoffentlich ist ihm nichts

passiert."

"Keine Sorge", beruhigte ihn die Sekretärin, die ein Makeup wie Kleopatra trug. "Er führt stets einen scharfen Dolch mit sich!"

Merkwürdig, dachte er, es scheint eine regelrechte Epidemie gegeben zu haben. Der eine schläft und der andere ist erst gar nicht zum Dienst erschienen, da besteht doch womöglich ein Zusammenhang, bevor ich das Rätsel löse, nehme ich erst einmal einen starken Kaffee zu mir.

In der mit einer Hieroglyphenwand gestalteten, komfortablen Hotellobby hörte Jonas im Vorbeigehen wie ein Gast dem andern die Frage stellte: "Hast du schon gehört, wer gerade in London gestorben ist?"

"Ja, wie traurig."

Sogleich freute er sich, nicht beruflich Anteil nehmen zu müssen, denn Nachrufe zu schreiben, gehörte zu den schwierigsten Aufgaben eines Journalisten. Wenn es sich leicht machen ließ, dann drückte sich Jonas um diese Aufgabe irgendwie herum. Darum fand er es wenig berauschend, als er - kaum Platz genommen - von einem der weiblichen Hotelgäste extra darauf angesprochen wurde.

"Entschuldigen Sie", piepste die charmante junge Thusnelda Thornhill, "aber der Rezeptionist erzählte mir gerade, Sie sind Journalist."

"Stimmt! Journalist zu sein ist aufregend, denn aus heiterem Himmel erzählen einem Leute die erstaunlichsten Dinge. Man muss genau abwägen, was man veröffentlicht und worüber man besser schweigt."

"Ja, ich bin auf dem Weg dazu, ebenfalls dieser schweren Aufgabe gerecht zu werden und da wage ich nun, Sie um einen beruflichen Gefallen zu bitten."

"Sehr gerne, nur heraus damit", forderte Jonas sie fröhlich auf, nicht ahnend, was gleich auf ihn zukäme von dieser jungen dunkelhaarigen Dame, die sich neben ihm auf die Sitzgruppe niederließ.

Sie hatte goldbraune Augen, die wunderbar zu ihrem gleichfarbigen Kleid passten. Ihr Gesicht widersprach dem Schönheitsideal, da es nicht symmetrisch war - eine Augenbraue saß deutlich höher als die andere. Wenn sie jedoch lächelte, was sie öfters tat, dann verschoben sich ihre Züge unmerklich zu einem schönen Antlitz, das den Betrachter in seinen Bann ziehen konnte.

"Es ist nämlich so, dass ich einen Nachruf auf einen unserer prominenten Mitbürger aus Essex schreiben soll. Wie soll ich das nur bewerkstelligen?" Nun setzte sie ein extrem hilflos wirkendes Gesicht auf, eines, das nun sehr spitzbübisch aussah. Es war sonnenklar, dass sie jemanden suchte, der ihr diese Aufgabe abnahm.

"Naja, das ist schwierig, ich kannte den Gentleman ja leider nicht.

Wovon hat er denn gelebt?"

"Wissen Sie, womit der sein Geld verdient hat? Mit Betrug, er verkaufte beispielsweise graue Haare als Beethovens Locken!"

"Oh-äh-na, dann würde ich an Ihrer Stelle schreiben: Der teure Verblichene hatte immer brauchbare Ideen zur Hand, wenn es darum ging, sich seinen Lebensunterhalt zu verdienen."

"Das ist guuut", lobte sie, "Sie sind Deutschlands Antwort auf Rupert Murdoch!"

"Österreichs Antwort!", korrigierte Jonas.

"Ja, natürlich!" Erfreut holte sie aus ihrem Handtäschchen ein winziges Notizbüchlein heraus und begann mit einem goldenen Kugelschreiber damit, sich Jonas Einfall zu notieren. "Er war ein alter Eigenbrötler."

"Rupert Murdoch?"

"Nein, äh-ja, der vielleicht auch,

ich meinte den Toten."

"Das formulieren wir beide am besten so: Aufgrund seiner Exzentrizität wählte er den Weg des einsamen Wolfes, der nur schwer zugänglich war."

"Suuuper!" Ihrer Miene konnte man echte Freude entnehmen, wie sie sogleich Jonas Worte niederschrieb.

"Dennoch fühlte man sich in seiner Gegenwart wohl und genoss ein kurzes Zusammensein mit ihm", diktierte er weiter und fragte sich, ob sie das tatsächlich exakt so wiedergeben würde.

"Naja, der hat immer an jedem herumkritisiert!", berichtete sie mit verkniffenem Gesicht, was den Schluss zuließ, dass auch sie zu den von ihm Kritisierten gehört hatte.

"Dann fügen Sie noch hinzu: wenn man Lob von ihm erhielt, konnte man sicher sein, es sich hart verdient zu haben."

"Sie sind ein Genie", lobte sie nun

ihrerseits Jonas, der ihr mit seinen pfiffigen Formulierungen die Arbeit abgenommen hatte, und wahrscheinlich hätte sie sich von ihm noch weitere Artikel diktieren lassen, die sie später dringend gebrauchen konnte, doch mit schreckgeweiteten Augen entschuldigte sie sich: "Oh weh, da kommt Professor Penrose, der ist furchtbar! Will immer so mit seinem unbändigen Wissen angeben, da bricht mein Gehirn in akute Verwirrung aus, ich flüchte, bye!"

Jonas erhob sich, blickte ihr nach, richtete sich dann auf eine entsprechende Wissensattacke des daherkommenden Professors ein und wurde nicht enttäuscht.

"Nanu, wohin ist denn die reizende junge Dame so schnell verschwunden? Sicher unpässlich, naja, ein Glück, dass das Anthropozän bald durch das Zeitalter des Novozäns, in dem künstliche Intelligenzen mit zigtausendfach besseren kognitiven Fähigkeiten das Ruder übernehmen, abgelöst wird."

Pff, dachte Jonas, der Stahlblauäugige protzt wirklich mit seinem Wissen, doch ich bin auch nicht von gestern. "Aber bedenken Sie, werter Herr Professor, dass Cyborgs und Computer schon darauf erpicht sind, unsere Spezies als Kollaborateure zu erhalten."

Anerkennend hob Penrose die buschigen Augenbrauen, unter denen gewitzte blaue Augen hervorlugten, passend zu seiner Anzugfarbe, und erwiderte: "Exakt, ganz ohne uns werden die stählernen Genossen auch nicht auskommen. Setzen wir uns und diskutieren darüber."

"Ach ja", sinnierte Jonas beim Platznehmen, "der, der ich bin, grüßt wehmütig den, der ich sein möchte, sagte schon der alte Kierkegaard."

Erneut lüpfte der Professor seine Brauen. "Das Zitat stammt von Kierkegaard?"

"Oh ja, wen haben Sie denn als Urheber vermutet?" Nun freute sich Jonas, den neunmalklugen

Professor bei einer Wissenslücke ertappt zu haben.

"Den anderen nordischen Trauerkloß, Ibsen", eröffnete ihm Penrose. "Wer weiß, vielleicht war er es ja und irgendein Zitatensammler hat seinen Satz jemand anderem zugeordnet. Früher arbeitete man noch, um den Ruhm der Nachwelt zu ernten, heute zeigt man Leistungsbereitschaft nur um soziale Wertschätzung in den Medien zu erlangen."

"Und um sich zu bereichern", ergänzte Jonas schnell. "Es scheint fast so, als hätte sich die Menschheit die Killer-App des Neoliberalismus heruntergeladen, um sich schneller ruinieren zu können."

"Wahre Worte, mein Freund, was wollen Sie trinken? Sie sind mein Gast!" Mit erhobener Hand winkte er einen Kellner herbei.

"Für Alkohol ist es mir noch zu früh, aber ein Kaffee passt immer."

"Wohlan denn, bringen Sie uns

zwei landesübliche Tassen Kaffee, bevor wir uns auf Abenteuerreise begeben", beauftragte er den Kellner.

"Welche Abenteuerreise?", forschte Jonas verwundert.

"Na, wir beide wollen doch das Land erkunden." Lächelnd machte er eine ausladende, beziehungsweise einladende Geste. "Auf der Höhe unserer geistigen und körperlichen Kräfte nähern wir uns der greifbaren Vergangenheit der Pyramiden an."

"Oh-äh, ich enttäusche Sie äußerst ungern, aber ich habe schon etwas Wich-äh Anderes vor."

"Natürlich, wie egoistisch von mir zu glauben, Sie würden mir Ihre wertvolle Urlaubszeit widmen."

"Genaugenommen ist das für mich hier kein Urlaub, ich schreibe für die Kleine Zeitung."

"Ach so, Sie müssen recherchieren."

"Exakt, und bei der Gelegenheit

kann ich Sie gleich fragen, ob Sie auch vom Tod eines Kollegen von mir erfahren haben. Denn Lady Ecclesthorpe meinte gestern, dass einer abgemurkst worden ist."

"Wirklich? So vulgär drückte Sie sich aus? Der Lady hätte ich mehr umgangssprachlichen Stil zugetraut."

Kurze Unterbrechung seiner Entrüstung als der Kellner den bestellten Kaffee servierte. Nach einem Schluck nahm der das Gespräch wieder auf.

"Sie recherchieren aber nicht in dem speziellen Mordfall?"

"Nein, ursprünglich sollte ich über die kürzlich gefundenen Artefakte berichten. Aber eine Mordsache in diesem Zusammenhang bringt natürlich mehr Leser als nur nackte Fakten über uralte Gegenstände."

"Oh ja, only bad news are good news", wusste Penrose. "Dann will ich Sie nicht länger aufhalten und wünsche Ihnen viel Erfolg."

Von dem allwissenden Professor verlassen, überlegte Jonas, was er jetzt am besten als nächsten Schritt unternehmen sollte. Auf seinem Mobiltelefon checkte er die Nachrichten, dann seine Mails. Eines kam von Riasek, der wissen wollte, was er über die gefundenen Sarkophage in Erfahrung gebracht hatte.

'Bin auf einer heißen Spur! Brauche noch mehr Zeit' mailte er ihm zurück.

'24 Stunden!' antwortete ihm Riasek, der scheinbar an seinem PC oder Smartphon schon auf Jonas Mail gelauert hatte.

Derart motiviert begab er sich nun persönlich in die Redaktion, in welcher Ibrahim Belosi als Reporter arbeitete.

Im Vergleich zum gesitteten Umgang in seiner eigenen Redaktion kam es ihm hier ziemlich chaotisch vor. Es fing schon damit an, dass er ungehindert am Portier vorbeigehen konnte. Es hielt ihn auch keiner auf, als er schnurstracks zum Chefredakteur marschierte, sich als österreichischer Kollege vorstellte und nach Belosi fragte.

"Was wollen Sie wissen?", erkundigte sich der Chef, auf dessen Schreibtisch ein Schild den Namen Sabrali verriet, und der mit offnem weißen Hemd vor einem surrenden Ventilator saß. Durch ein Fenster brannte die Sonne wie durch ein Brennglas in den kleinen Raum, dennoch war die Jalousie hochgezogen. Schweiß tropfte ihm von der Nase, sein Haar hatte er mit Pomade nach hinten gekämmt und auf dem Tisch standen neben dem Laptop ein großer Krug mit Zitronenlimonade und ein leeres Glas.

"Wie mir der Hoteldirektor des Pharao Inns mitteilte, ist Mr. Belosi verschwunden und eine Dame aus dem Hotel wusste vom Mord an einem Journalisten. Wissen Sie schon etwas Konkretes darüber?"

"Dabei muss es sich um ein Gerücht handeln", winkte Sabrali ab.

"Wie hieß denn die Dame aus dem Hotel, die Ihnen das auf die Nase gebunden hat?"

"Lady Ecclesthorpe."

"Wie heißt es so schön: Ein Gerücht hat die Welt schon umrundet, ehe sich die Wahrheit die Schuhe angezogen hat."

"Sehr blumig ausgedrückt, Mr. Sabrali. Machen Sie sich keine Sorgen um Ihren Mitarbeiter?"

"Warum sollte ich? Er liefert immer pünktlich seine Arbeit ab und beschwert sich nicht. Auch hat er von mir noch keine Gehaltserhöhung verlangt." Beim Wort Gehaltserhöhung deutete er mit dem Daumen auf sich.

"Tja, ich dachte, Sie könnten mir einen Tipp geben, wo ich ihn finden kann."

"Nein, er ist unterwegs und wird sich melden, wenn seine nächste Story in den Druck gehen soll", sagte Sabrali, während er sich plätschernd die Limonade in sein Glas goss.

Normalerweise waren die Ägypter sehr gastfreundlich und boten ihren Besuchern zumindest ein Getränk an. Doch Sabrali machte keinerlei Anstalten, seinem Gast etwas anzubieten. Genüsslich trank er sein Glas leer, unterdrückte ein Rülpsen und wischte sich danach mit dem Handrücken den Mund ab. Dann guckte er Jonas an als ob dieser zwei Köpfe hätte.

"Sonst noch was?"

"Nein, entschuldigen Sie die Störung", verabschiedete sich Jonas, der eingesehen hatte, dass hier keine Information welcher Art auch immer für ihn abfallen würde.

Auf der belebten Straße vor dem Redaktionsgebäude erkannte er den Professor, dessen blauer Anzug richtig herausleuchtete aus der Menschenmasse, die geschäftig ihrer Wege ging. Schon hatte ihn Penrose entdeckt und eilte erfreuter Miene auf ihn zu.

"Sehen Sie, mein Freund, der Zufall führte uns doch noch

zusammen!"

"Meine Oma sagt immer, der Zufall ist eine Kellertür", witzelte Jonas.

"Ich will Ihrer alten Dame nicht zu nahetreten: Solche Aussagen sind ein Zeichen intellektueller Mittelmäßigkeit!

"Sie hat so vieles durchlebt, durchlitten, durchfreut, aber auch mittelmäßig dahingelebt. Bedauerlicherweise verfügte sie nie über einen Batzen Geld wie Sie, Herr Professor."

"Wissen Sie, dass man herausfand, Geld steht nicht im Zusammenhang mit den intellektuellen Fähigkeiten jener, die es sich verdienen?"

"Klar, im Lotto gewinnen kann jeder Depp!", verkündete Jonas. "Meine Oma arbeitete hart für einen Apfel und ein Ei und leidet heute davon an einem verbogenen Rückgrat!"

"Mein Großvater litt an Alzheimer.

Gegen Lebensende war er sehr liebenswert, als er uns nicht mehr erkannte und offensichtlich den Eindruck bekam, dass wir doch ganz nette Leute waren."

Entspannt lachten beide und spazierten die Straße entlang, bis ein Taxi in Sichtweite kam, in das sie einsteigen konnten. Sie ließen sich zu den üblichen Sehenswürdigkeiten bringen, bestaunten uralte ägyptische Bauten, schlenderten durch Bazare und besuchten eine Teppichfabrik. Dabei referierte der Professor unentwegt über die Unterschiede der damaligen Zeit zu heute.

"Was halten Sie denn davon, Mr. Jericho?"

"Wenn ich auch mal zu Wort komme, verrate ich es: Nietzsche hatte recht mit der ewigen Wiederkehr des Gleichen. Alles kommt wieder, alles wiederholt sich, mitunter abgewandelt durch Nuancen, damit es nicht so auffällt."

"Woher kommt diese

Philosophie? Haben Sie heut morgens im Spiegel Platon erblickt?"

Mittlerweile waren sie am Nilufer angekommen, einige Schiffe oder vielmehr Barken, auf denen sich Fellachen beim Entladen von Lebensmitteln nützlich machten, lagen vor ihnen.

"Beherrschen Sie die Landessprache? Dann könnten Sie die Einheimischen nämlich fragen, wann das nächste Ausflugsschiff geht", schlug Jonas vor.

Siegessicher warf Penrose einige Brocken Arabisch unter die Leute, worauf sich diese verärgert von ihm abwandten. Konsterniert kam er zu Jonas zurück und zuckte die Schultern. "Komisch, die haben mich irgendwie falsch verstanden."

"Na, das macht nichts, da kommt ja unser Rezeptionist."

Tatsächlich kam der Rezeptionist, welchen Jonas mit dem Brief an Azir beauftragt hatte, in legerer Freizeit-Jeanskleidung daher.

"Grade habe ich die Einheimischen in Ihrer Landessprache gefragt, wann das nächste Ausflugsschiff geht, aber die waren ausgesprochen unfreundlich", berichtete Penrose ihm sofort.

"Was haben Sie denn genau gesagt?"

Daraufhin wiederholte er sein Arabisch und der Rezeptionist musste lachen.

"Was ist denn so lustig", wollte Jonas wissen.

"Das möchte ich auch gern erfahren", meinte der Professor.

Der Rezeptionist klärte die Sache auf: "Sie haben gefragt 'He, Skalve, wann geht die nächste Galeere', das mögen die Leute hier nicht hören!"

Mit einem Griff an den Kopf bemerkte Jonas: "Da können wir ja froh sein, nicht von denen gesteinigt worden zu sein!"

Nun sah Penrose ziemlich geknickt aus. Scheinbar wollte er die

Aufmerksamkeit von sich ablenken, denn auf einmal redete er von den Pyramiden. "Sehen Sie sich die Pyramiden in der Ferne an. Da gibt es einen Spruch: Die Menschen haben Angst vor der Zeit und die Zeit hat Angst vor den Pyramiden."

"Alles hat sein Ablaufdatum", belehrte ihn Jonas. "Manches hat ein langes Ablaufdatum, aber es läuft ab!"

Etwas Endgültiges lag in seiner Aussage, etwas, das sie alle ein wenig traurig machte.

Zurück im Hotel kleidete sich Jonas in seinen schwarzen Anzug um und begab sich hinunter in die gut bestückte Hotelbar, um den schalen Geschmack des heutigen Tages mit einigen Promille zu vertreiben.

6. Kapitel: **Die Weltenbummlerin**

An der Bar kam Jonas mit einer Rucksack-Touristin ins Gespräch, deren ungepflegte Aufmachung so gar nicht hierher passte. Ihr blondes Haar schien vom Straßenstaub ergraut und die Jeans ungewaschen. Dennoch saß sie selbstbewußt auf ihrem Hocker, neben sich den Rucksack, in dem sich wohl ihre gesamte Habe befand. Sie mochte ungefähr halb so alt sein wie er, dafür doppelt so lebhaft.

"Nur so aus Neugier, reisen Sie immer allein durch gefährliche Länder?"

"Yep, und zwar schon 56 Wochen am Stück!"

"Das kann man auch nur machen, wenn man jung ist."

"Warum?" Mit ihren großen, leicht verquollenen Augen maß sie ihn vom Scheitel bis zur Sohle. "Wann ist man denn zu alt zum Reisen?"

"Naja, eigentlich nie solange man gesund ist, aber mit zunehmendem Alter gehen Spontaneität und Sorglosigkeit verloren."

"Sorgen sind in unserer Familie ein Fremdwort. Machen SIE sich etwa Sorgen? So alt und verknöchert wirken Sie nicht auf mich."

Nun musste er herzhaft lachen. "Mein Persönlichkeitscoach riet mir einmal: achte bei einer Konversation stets auf deine Munition, lade dein Gewehr der Argumente stets mit Wissen, kombiniere die Ladung mit Humor, achte darauf ehrlich zu sein, sei mutig und halte immer einen Schuss Liebe zurück, damit dein Gegenüber nach seinem verschossenen Magazin einen Pfeil der nötigen Veränderung mitten ins Herz bekommt."

"Haha, und? Habe ich bei Ihnen mit dem Pfeil ins Herz getroffen?", erkundigte sie sich schelmisch.

"Ja", nickte er, "Sie haben mich für meinen nächsten Urlaub inspiriert, denn ich bin leider beruflich hier. Mein Name ist Jonas, mit wem habe ich die Ehre?"

"Cynthia!" Strahlend streckte sie ihm ihre Hand zum Schütteln entgegen.

"Stammen Sie auch aus England, wie alle andern Gäste außer mir?"

"Aus Sheffield. Im Vergleich zu London eine billige Stadt, wo man toll Party machen kann und leicht Leute kennenlernt."

"Ich komme aus Wien, wo es teuer ist und man leicht grantige Leute trifft."

"Und was haben Sie hier zu erledigen?"

"Soll etwas über gefundene Artefakte in Erfahrung bringen, und zwar schnell, denn mein Chefredakteur ist so einer, der weder Geduld noch Verständnis hat. Ich muss ihm Fakten liefern, sonst bin ich geliefert!"

"Hahaha! Der käme mir gerade recht, dem würde ich mal zeigen, wo Thor seinen Hammer hängen hat! Haha!" Ihr Lachen wirkte ansteckend und ihr zarter Körper schien einen eisernen Willen zu beherbergen. Dann sagte sie etwas, was bei ihm großes Interesse erweckte: "Gestern hat mich einer dieser aufdringlichen Straßenhändler gefragt, ob ich ein neu entdecktes Artefakt kaufen möchte. Kostet ganz billig, versicherte er mir."

"Interessant, haben Sie mit ihm ein Treffen zur Besichtigung vereinbart?"

"Sicherlich, ich will ja Abenteuer erleben und bin schon gespannt, was er mir morgen zeigen wird. Ich glaube, er gehört zu den Leuten, deren geistiger Fahrstuhl nie ganz bis hinauf ins Oberstübchen kommt. Aber wer weiß, eventuell überrascht er mich ja."

"Oh, darf ich Sie - rein beruflich natürlich - begleiten?"

"Sie dürfen! Und - wenn es beruflich in Ihre Spesenrechnung passt - dürfen Sie mich auch einladen. Ich kann mir nicht das kleinste Zimmer leisten und würde so gerne wieder mal in einem Bett schlafen. Der Portier hat mir eine Rumpelkammer um 500 Ägyptische Pfund angeboten! Das sind 26 Euro?"

Oje, dachte Jonas spontan, das

wird teuer, aber was tut man nicht alles, um an heiße Ware zu kommen.

Kaum war Cynthia dankend mit seinem Geld verschwunden, tauchte Lady Brighton auf. Diesmal in einem giftgrünen, atemberaubenden Abendkleid - es war ziemlich eng.

"Oh, Mr. Jericho", rief sie erfreut aus. "Sie kommen mir gerade recht, denn mein Mann hat mich wieder einmal versetzt."

"Wie kann er nur, wo Sie sich doch so hübsch für ihn gemacht haben."

"Sie Charmeur! Ich würde gern mit jemanden ins Nachtleben eintauchen. Seien Sie doch mein Notnagel!"

"Wie könnte ich einer so bezaubernden Lady widerstehen!", sagte er spontan und bot ihr seinen Arm zum Geleit an.

Beide machten sich auf die Suche nach einem Taxi, wurden alsbald fündig und ließen sich an eine von Kairos Amüsiermeilen bringen.

Wobei der Ausdruck Amüsiermeile etwas übertrieben schien, es handelte sich um einen großen Platz, an dem ein altes Gebäude mit einer Leuchtreklame der Buchstaben MAXIM zum Eintritt warb.

"Oh, das sieht ja verrucht aus", flüsterte sie ihm beim Aussteigen zu. "Aber ich bin schon an so vielen Orten gewesen, wo es noch unheimlicher war."

"Dann lassen Sie uns eintreten in diesen unheimlichen Ort, Lady Brighton."

Beinahe fühlten sie sich wie Störenfriede, als sie die wurmstichige alte Holztüre aufstießen und sich durch das Halbdunkel bis zum Tresen der Bar vorkämpften. Das Publikum - gemischt aus Touristen und Einheimischen - genoss das verruchte Flair der Ausstattung eines B-Movies über Ägypten. Wo ein Abenteuer in der Luft lag, die durch diverse Substanzen ziemlich verpestet roch. Einige Einheimische rauchten ihre Wasserpfeifen und einige Touristen genossen es, an diesem Ort noch gemeinschaftlich eine Zigarre oder Zigarette öffentlich rauchen zu dürfen.

"Puh, hier kriegt man den Lungenkrebs auch als Nichtraucher", beschwerte er sich.

"Hihihii", kicherte sie wie ein Teenager.

"Der Typ dort hinten sieht so aus wie der verrückte Student, der mir im Hörsaal einmal seine rasierten Beine gezeigt hat. Ich könnte über die Vorkommnisse an der Uni Bücher schreiben, doch ich komme einfach nicht dazu, es passiert immer ständig etwas um mich herum, dass mich permanent ablenkt", flüsterte Jonas in ihr Ohr.

"Ich sehe leider keine bekannten Gesichter, aber das finde ich großartig."

"Was möchten Sie trinken?"

"Sherry oder Vodka."

Der Barkeeper, ein zahnloser

Glatzkopf, stellte daraufhin beiden je
ein Glas Vodka hin und verschwand
wieder. Zu viele Betrunkene hielten
sich am Tresen der Bar fest und
lallten unverständliches Zeugs
daher.

"Dabei ist Alkohol doch in diesen
Ländern verboten", meinte die Lady,
bevor sie ihr Glas in einem Zug
leerte.

"Aber als Medizin ist er erlaubt",
verriet ihr Jonas. "Außerdem meinte
einmal ein Kalif: Sobald Wein meine
Zunge berührt, verwandelt er sich in
Wasser."

"Es gibt Weine, die mit den
Jahren besser werden. Dann gibt es
Jahre, die nur mit Wein besser
werden", wusste die umtriebige
Lady.

Ohne es genau spezifizieren zu
können, fühlte sich Jonas unwohl.
"Kommen Sie, Lady Brighton, ich
glaube das ist kein Ort für Sie."

"Was denken Sie von mir? Ich bin
doch zum Amüsement hier."

"Sehen Sie sich doch das Publikum an. Die sehen aus wie aus dem Gefängnis rausgeworfen. Stellen Sie sich vor, einer von denen vermutet bei Ihnen die Kronjuwelen und überfällt sie hinterrücks."

"In der geistigen Erschaffung von Horrorszenarien sind Sie spitze", zollte sie ihm Anerkennung. "Ich fühle mich hier nicht gefährdet. Außerdem sind SIE ja bei mir, um mich zu beschützen."

"Gnädigste überschätzen mich gewaltig. Außer einem Selbstverteidigungskurs, den ich vor Jahren zum Sonderpreis absolvierte, habe ich nicht viel an Martial Arts zu bieten."

Auf einmal brandete Applaus auf, eine Schleiertänzerin hatte den Raum betreten und wurde mit einem Spotlight in den Mittelpunkt der Aufmerksamkeit gerückt. Sie sah aus wie aus einem orientalischen Märchen entsprungen.

"Oh, das kann ja noch ganz nett werden", sagte er.

"Typisch Mann!", zischte sie.

Orientalische Musik erscholl und die Tänzerin begann sich wie eine Schlangenfrau zu bewegen, wobei sie sich ihrer Schleier nach und nach entledigte und immer mehr ihres schlanken Körpers zur Beschau freigab.

Sollte ich schon wieder träumen, fragte sich Jonas, der sich so eine Darbietung schon im Hotel gewünscht hatte. Doch war er sich vollkommen sicher, gerade ein reales Erlebnis wie aus 1000 und einer Nacht zu haben.

"Den da drüben habe ich schon irgendwo gesehen!", wisperte Lady Brighton Jonas zu und zeigte unauffällig quer durch den nikotingeschwängerten Saal.

Inmitten der aufsteigenden Rauchwolken entdeckte Jonas das Klaus Kinski-Double, das mit aus den Höhlen getretenen Augen die Tänzerin anstarrte.

"Der kriegt doch glatt vom

Zusehen einen Orgasmus", sagte Jonas. "Das ist unser Terence Trenton."

"Ja, jetzt, wo Sie es sagen, fällt mir sein Name auch wieder ein", freute sich die Lady. "Der ist ja außer Rand und Band."

"Hoffentlich provoziert er keine Schlägerei", hoffte Jonas.

"Ach, das glaube ich nicht."

Na, wenn er dasselbe Temperament und die gleichen Intentionen hat wie sein Doppelgänger, dann wird es bald krachen."

"Man kann ihm seine Intentionen schon ansehen. Aber er wird wohl mit der Tänzerin einen pekuniären Vertrag abschließen und sich nicht um sie prügeln."

"Hoffen wir das Beste!"

Trenton warf der Tänzerin tatsächlich einige Pfundnoten zu. Doch sie dachte nicht daran, diese aufzuheben, das besorgten die

Umstehenden. Dabei blieb unklar, ob sie das in ihrem Auftrag taten oder sich doch lieber selbst bereicherten. Und um das festzustellen, begab sich Trenton nach ihrer Darbietung zu ihr und näherte sich ihr auf für landesübliche Verhältnisse unziemliche Weise. Wie Jonas schon befürchtet hatte, artete sein Verhalten in einer Schlägerei aus.

"Ich hab es ja geahnt, kommen Sie, Lady Brighton, wir versuchen durch den Hinterausgang zu entwischen."

"Kennen Sie sich hier aus?", wunderte sie sich.

"Nein, aber solche Kaschemmen haben ganz sicher einen zweiten Ausgang zur Flucht!" Schnell schnappte er sich ihre Hand, warf mit seiner andren Hand noch einen Geldschein auf den Tresen und machte sich mit ihr dorthin auf, wo er ihn vermutete.

Nach einem labyrinthartigen Weg durch das halb verfallene Gebäude erreichten sie tatsächlich den

Hinterausgang, durch welchen sie über einen quergelegten Balken ins Freie gelangten. Über ihnen schimmerte der Gürtel des Orion.

"Ist das nicht eine herrlich aufregende Nacht?", schwärmte die Lady, die wohl voll auf ihre Kosten gekommen war.

"Ja, fehlt nur noch ein Hai der Nacht, der uns verfolgt!"

7. Kapitel: **Blonde haben mehr Spaß**

In seinem Khaki-Anzug, bestehend aus Hemd mit großen Brusttaschen, Gürtel und bequemer Hose mit Seitentaschen, fühlte sich Jonas stilecht gekleidet für das heiße Land - das richtige Safari-Outfit. Im Oktober erreichten die Temperaturen in Ägypten leicht bis zu 37 Grad. Gerüstet mit Bargeld in seinem Halstresor, wartete er in der Hotellobby auf sein Treffen mit der quirligen Cynthia.

"Hallo", begrüßte ihn Terence Trenton und setzte sich zu ihm, "ich wette, Sie warten hier auf eine Frau!"

Jonas bemerkte, dass sein linkes Auge etwas verschwollen war, doch sonst zeigten keine Spuren mehr den turbulenten gestrigen Abend an.

"Äh, Exakt, allerdings nicht zu einem Rendezvous, sondern ganz harmlos."

"Was ist Ihr Grund gewesen, hierher zu kommen?"

"Neugierde! Ich bin schon beruflich neugierig zu erfahren, was andere wissen."

"Bei mir ist es der Geschlechtstrieb! Ich rede hauptsächlich mit Frauen, um sie schnell ins Bett zu bekommen!" Mit einer lässigen Handbewegung fuhr er sich erst durch sein blondes Haar und dann über das Gesicht.

"Sie sind also nicht der intellektuelle Typ!", stellte Jonas unnötigerweise fest.

"Kommt drauf an. Wenn ich merke, eine Frau steht darauf, dann bin ich auch dieser Typ. Da bin ich anpassungsfähig wie ein Chamäleon."

"Und ändern Sie auch Ihre Gesichtsfarbe?"

Auf diese Frage bekam Jonas keine Antwort mehr, denn eine stark geschminkte Frau mit üppigen Rundungen kam vorbei.

"Diese Frau ist äußerst attraktiv."

"Die hat es Ihnen angetan, was?"

"Sie sieht richtig weiblich aus, fast laktierend, obwohl sie kein Baby säugt, da weint die Waage, wenn sie sich draufstellt. Da jagt das Nebennierenmark gleich einen Adrenalin-Mob durch meine Blutbahn. Genau das liebe ich."

"Jedem das seine. Ich bevorzuge schlankere Frauen."

"Warum? Wollen Sie Hebefiguren mit denen praktizieren?"

"Haha, also Sie haben einen köstlichen Humor!", lobte Jonas.

Plötzlich packte Trenton mit feuchten Augen aus: "Ich habe schon 39 Kellnerinnen und 24 Verkäuferinnen gehabt, es hat Ohrfeigen und einen Herzinfarkt gegeben, im Zuge dessen ich dachte, ein Alien will aus meiner Brust rausbrechen - furchtbar. Und es blieben Geschäfte und Lokale einfach aus Solidarität geschlossen, Anzeigen wegen triebhaftem Verhalten folgten und so weiter ... so toll war's, was ich getrieben habe, die Hölle wird mich erwarten, aber ich bereue nichts!"

Jonas fühlte sich in dem Moment fast wie sein Beichtvater und wollte ihm schon drei Ave Maria als Strafe aufbrummen, besann sich dann doch eines besseren und riet ihm: "Naja, Sie sollten in Ihren Jahren etwas zurücktreten vom High Life 24/7!"

"In MEINEN Jahren?", wiederholte er mit warnender Stimme.

"Na, ich meine, Sie sollten langsam sesshaft werden, haben Sie sich noch nie echt verliebt? Da muss

es doch die EINE Frau geben",
lenkte ihn Jonas gekonnt ab, da er
erkannt hatte, auf sehr dünnem Eis
zu stehen.

"Oh ja, sie hieß Gilette und war
auch sonst scharf wie eine
Rasierklinge!"

"Also wieder ein
nervenaufreibendes Abenteuer!"

"Ich dachte, ich falle, aber ich bin
noch nicht unten aufgeschlagen. Das
passierte erst, als wir uns trennten."

"Verstehe." Mit aufmerksamen
Augen beobachtete Jonas den
inneren Kampf seines triebhaften
Gegenübers. Trenton schien mit sich
zu ringen, ob er aufspringen und der
Angebeteten, oder vielmehr seinem
ersehnten Sexualobjekt, nachlaufen
und zur gemeinsamen Interaktion
auffordern soll, oder doch lieber
einen ruhigen Urlaub verbringen.
Schließlich überkam ihn doch noch
die Vernunft und er ließ sich, obwohl
kurz zuvor noch zum Sprung bereit,
wieder zurück in den gepolsterten
Korbsessel fallen.

Die Unterhaltung wurde Jonas zu eintönig und er entschuldigte sich bei Trenton, erhob sich und schlenderte Richtung der Stufen.

Die Uhr im Hotelfoyer zeigte halb 11 und Jonas verfluchte schon seine Gutgläubigkeit, denn er hatte mit Cynthia 10 Uhr als Treffpunkt vereinbart. Und um 11 Uhr wollten sie doch den aufdringlichen Straßenverkäufer an seinem üblichen Standplatz treffen. Doch es sah fast so aus als hätte sie sich gestern nur auf die Schnelle 26 Euro von ihm erschleichen wollen. Schon wollte er in sein Zimmer raufgehen und die Ausgabe unter dem Begriff Lehrgeld verbuchen, da erschien sie auch schon und begrüßte ihn mit ihrem ansteckenden Lachen.

"Haha, tut mir leid, dass ich mich verspätet habe, aber ich schlafe so selten in einem Bett, da wollte ich es einfach genießen." Heute sah sie umwerfend aus, richtig gepflegt und sehr entspannt mit duftigem Haar. Ihre Augen, wach und blau wie zwei kühle Bergseen, suchten die seinen.

Es traf ihn wie der Blitz: Zwei Seelen tauchten ineinander ein und erkannten sich. So sahen sie sich eine halbe Minute lang an, ehe ihm der Grund für ihr Treffen einfiel und er das Schweigen brach.

"Ich fürchte, wir werden Ihren Kontaktmann verpassen."

"Ach was", wischte sie seine Bedenken mit einer schnellen Handbewegung fort. "Hier leiden alle an Unpünktlichkeit, wenn wir um 12 Uhr hinkommen, wird er grade auftauchen."

"Aber wenn es was zu verdienen gibt, könnte er das Geschäft in der Zwischenzeit mit jemand anderem machen", meinte Jonas.

"Dann müssen wir eilen! Sie sind ja noch jung genug, um mit mir zum Treff zu laufen. Dann schaffen wir es noch rechtzeitig, aber der Verkäufer wird bestimmt auf mich warten."

"Ohne Ihren Rucksack hätte ich Sie fast nicht wiedererkannt", scherzte Jonas und guckte ihr unwillkürlich in den tiefen Ausschnitt ihres orangen T-Shirts, unter welchem sie eine verwaschene Jeans trug. Über ihrer linken Schulter hing eine große Jute-Tasche, ihr Blondhaar, mit einem blauen Haarreifen gezähmt, wirbelte ihm vor der Nase herum, als sie vor ihm loslief.

"Los, kommen Sie! Schneller, für jede überholte Pferdekutsche gibt es 50 Punkte!", forderte sie ihn kichernd auf.

Mit einer hübschen Frau durch die engen Straßen Kairos zu hasten hatte den Nachteil, dass viele Männer mit gierigen Augen auf sie blickten, ja sogar mit ihren Händen auf ihre lose wippenden sekundären Geschlechtsmerkmale fassen wollten. Jonas wehrte alle so gut es ging ab und erntete dafür Lob von ihr.

"Sie machen das großartig, Jonas, sind Sie ein erfolgreicher Kämpfer?" Die Frage stellte sie im Lauf, ohne dabei zu keuchen, was eine Topp-Kondition verriet.

"Naja, einmal wurde mir ein Stück Zahn meines Gegners aus dem Mittelhandknochen meiner rechten Faust entfernt. Ich glaubte, da schaut der Knöchel raus."

"Hahahaa!"

"Aber sonst ist das Wort meine Waffe, schneidend, ätzend und immer ins Schwarze treffend!"

"Toll! Wir laufen gegen den Wind, also Spuck-Verbot!", warnte sie ihn und legte tempomäßig einen Zahn zu.

Mit Mühe konnte er ein Hecheln unterdrücken und tat so als wäre er genauso fit wie die Turnschuhe, die sie trug. Doch es fiel ihm zunehmend schwerer und die beginnende Mittagshitze unter der immer höher steigenden Sonne machte ihm diesen Bluff nicht leichter. Cynthia schien sich hier in dem Gewirr von Menschen in immer schmäler werdenden Gassen wunderbar auszukennen, fast so, als hätte sie den Orientierungssinn einer Brieftaube. Endlich erreichten sie den Verkäufer, eingehüllt in die typische ägyptische Tracht - ein langes hemdartiges Gewand mit weiten Ärmeln, genannt Galabija -, der an einer Straßenecke auf Touristen lauerte, die er mit seinen Angeboten anlocken sollte. Natürlich erkannte er Cynthia sofort und seine Augen leuchteten richtig auf. Schon ließ er einen Wortschwall aus gebrochenem Englisch auf sie los.

"Ah, junge Lady, kommen mit mir und kaufen neue Funde aus Grab von Pharao. Alles noch staubig seit Tausend Jahr und wartet auf Gefundenwerden!"

Diese profanen Sätze ließen Jonas zusammenzucken, denn er ahnte schon, dass alles lediglich ein plumper Versuch war, kunstvoll nachgeahmte Grabbeigaben teuer verkaufen zu können. Doch Cynthias Begeisterung, ihm beim Aufspüren seiner gesuchten Artefakte zu helfen, ließ ihn das Spiel mitmachen. Ohne nach dem Preis zu fragen, folgte er den beiden und wischte sich mit einem weißen Taschentuch, das ihm seine Oma noch mit seinen Initialen bestickt hatte, die schweißbeperlte Stirne ab. Beinahe hätte er die beiden um 20 Jahre jüngeren Irrwische verloren, doch Cynthia blickte sich um und rief seinen Namen, sodass er sie im Gewirr der auf den engen Straßen hektisch herumlaufenden Menschen wiederfand. Endlich kamen sie an ein baufälliges Haus, in das sie der Verkäufer führte. Darin saßen im Innenhof einige Frauen und stampften Korn, so wie man das schon vor hundert Jahren oder früher gemacht hatte.

"Wir gleich da sind", versprach der Verkäufer und wuselte vor ihnen in einen großräumigen Keller.

Jonas schwante Übles. Er befürchtete in eine Falle geraten zu sein, in welcher ein Haufen Diebe und Räuber ihn und Cynthia gleich gefangennehmen und für Lösegeld feilbieten würden. Doch es kam anders. Der Verkäufer zündete eine Fackel an und führte sie immer tiefer in ein nach Moder stinkendes

Kellerloch, in dem sich einige Teppiche und eine Holzkiste befanden. Er steckte die Fackel in eine metallene Halterung und öffnete die Holzkiste, die leise knarrte, als sie ihren Inhalt zur Schau freigab.

Nun entblößte der Verkäufer siegessicher zwei Reihen perlenweißer Zähne bei der spannenden Präsentation. Langsam nahm er ein großes, in ein altes staubiges Tuch gewickeltes Artefakt heraus. Es handelte sich um eine zirka 20 cm hohen Vase aus Ton, auf welcher eine Szene der ägyptischen Mythologie abgebildet war: ein falkenköpfiges Wesen hielt etwas in der Hand, das aussah wie ein Henkelkreuz, allerdings schon ziemlich zerkratzt war.

Wenn das eine Fälschung ist, dachte Jonas bei diesem Anblick, dann ist es eine verdammt gelungene!

"Wie alt ist das komische Ding denn?", fragte Cynthia.

Mit nach unten gezogenen

Mundwinkeln zuckte der Verkäufer die Schultern. "Kostet nur 2.000 Pfund!"

Aha, dachte Jonas, ein Zentimeterpreis von einem Hunderter.

Für einen echten Gegenstand ein absolutes Schnäppchen, wobei man natürlich bedenken musste, dass er es schlecht auf ebay anbieten konnte.

"Haben Sie so viel dabei?", erkundigte sich Cynthia mit Blick zu Jonas.

Dieser holte aus seinem Halstresor ein Bündel Banknoten heraus und zählte: "Tausend, fünfhundert, sechs, sieben, acht, neun- verdammt, es fehlen hundert."

Erfreut riss ihm der Verkäufer das Geld aus den Händen und überreichte ihm die Vase samt dem Tuch. "Nix weitersagen, sonst großer Fluch kommen über dich!"

"Welch gefährliche Warnung das ist", äffte ihn Jonas nach, wobei er die Augen verdrehte.

"Ihr jetzt gehen müssen!"

"Haben Sie noch mehr von diesen wertvollen Sachen?", wollte er wissen.

Energisch schüttelte der Verkäufer den Kopf. "Nicht hier, hier nix mehr ist!"

"Der redet wie Yoda aus Star Wars", kicherte Cynthia.

"Kommen Sie, wir gehen und lassen das alte Ding ganz flott in ihrer Tasche verschwinden."

So tauchten sie wieder ein in den draußen vorbeifließenden Menschenstrom und liefen gemeinsam wieder zurück.

8. Kapitel: **Die Prüfung und das Verhör**

Cynthia und Jonas wollten nun begierig erfahren, ob ihr Kauf das Geld wert war und beeilten sich - nach einem Zwischenstopp in der Bank, wo Jonas wieder Geld behob - ins Ägyptische Museum, bei dessen

Direktor sie um eine Audienz baten.
Zuvor mussten sie jedoch einen
geschmalzenen Eintrittspreis zahlen
und das Handy abgeben. Ein
Museumsdiener begleitete sie zum
Büro von Mr. Hal El Garim, vor
dessen Tür er sie warten ließ.
Mittlerweile knurrte Jonas' Magen
und Cynthia holte aus ihrer Tasche
zwei halb geschmolzene
Schokoriegel hervor, von denen sie
ihm einen anbot.

Um die Wartezeit nach dem
Verzehr weiter zu überbrücken,
fragte Jonas seine sehr charmante
Begleiterin aus: "Wie viele Kilometer
haben Sie schon in Ihrem noch
jungen Leben zurückgelegt,
Cynthia?"

"Beim Reisen geht es doch nicht
um zurückgelegte Kilometer",
erklärte sie ihm lächelnd, "sondern
um Gefühle, fremde Namen,
exotische Gerüche, scharfe
Gewürze, laute Musik, grelle Farben
und neue Freundschaften!"

Die Bürotür öffnete sich, der
soignierte Mr. El Garim erschien und

beäugte nach kurzer Erklärung Jonas' Cynthias Mitbringsel.

In Folge der ersten oberflächlichen Prüfung des Artefaktes durch den Direktor stellte es sich tatsächlich als echt heraus und der aufgeregte Museumsleiter, dem es Cynthia unter die Nase hielt, änderte sein freundliches Gesicht und herrschte sie an, woher sie es denn hätte. Leicht verunsichert erzählte sie von dem Verkäufer, der sie schon gestern darauf ansprach und dem Kauf gerade eben. Mr. Hal El Garim schnappte sich das wertvolle alte Stück und ließ langsam seine Finger darüber gleiten, so als wollte er die Oberfläche mit seinem Tastsinn scannen. Sein ältliches Aussehen ließ auch auf eine Menge Erfahrung schließen.

Schließlich zog er Jonas mit sich in sein Büro, ließ Cynthia unhöflicherweise draußen stehen und fragte ihn, wie lange er sie denn schon kenne.

"Seit gestern! Warum? Oder ... , verdächtigen Sie sie gar der

Mittäterschaft woran auch immer?"

"Solche sündigen Femmes fatales sind wie geschaffen dazu Männer hereinzulegen."

"Sündig ist allein die Höhe Ihrer Eintrittspreise, werter Herr Direktor, noch dazu wo man gar nicht mehr fotografieren darf", entgegnete Jonas spitz. "Außerdem glaube ich nicht, dass sie üble Absichten hegt, denn ein wenig Menschenkenntnis besitze ich schon!"

"Ich bedaure, mich nicht auf Ihr Urteil bezüglich Ihrer jungen Begleiterin verlassen zu können, ich muss sofort die Polizei verständigen!"

Während er telefonierte, schlich sich Jonas nach draußen und warnte Cynthia: "Tut mir sehr leid, aber er verdächtigt Sie, mit dem Verkäufer gemeinsame Sache gemacht zu haben. Den Mann werden Sie wohl nicht als Freund gewinnen können."

"Das will ich doch gar nicht, wie kommen Sie darauf?"

"Na, Sie sagten doch vorhin, beim Reisen gehe es Ihnen darum, neue Freundschaften zu schließen."

"Ach so, nein, den Wächter ägyptischer Altertümer würde ich sowieso nie als Freund in Erwägung ziehen."

"Hören Sie, Cynthia, ich weiß nicht, wie die gesetzlichen Bestimmungen hier sind, vielleicht wäre es besser, wenn wir uns jedweder weiterer Unannehmlichkeiten entziehen."

"Also ich bin mir keiner Schuld bewusst, es würde ein schiefes Licht auf uns werfen, wenn wir einfach von hier flüchten."

"Hm, da könnten Sie natürlich recht haben."

Entweder verfügte der Direktor über ausgezeichnete Beziehungen oder die örtliche Polizei war immer so rasch zur Stelle, wenn man sie rief. Jedenfalls tauchten zwei Polizisten auf, denen der aufgeregte Direktor auf Arabisch die Sachlage erklärte und dabei auf Jonas und Cynthia deutete. Einer der Polizisten sprach perfekt Englisch und forderte sie beide auf, ihm zu zeigen wo sie dieses uralte Stück ergattert hatten.

Mit der Polizei und El Garim zusammen versuchten sie, das Kellerlabyrinth wiederzufinden und kehrten wenig später in einen nunmehr total verwaisten Innenhof ein. Keine Korn stampfenden Frauen, kein Verkäufer und das Kellerloch schien ebenfalls total leer, bis auf die abgebrannte Fackel in der Metallhalterung.

"Aber das ergibt doch keinen Sinn!", ärgerte sich Jonas. "Die können mit den popeligen 1.900 Pfund doch nicht ausgewandert sein. All die Mühe des Ausgrabens für so wenig Geld?"

Der Museumsleiter belehrte ihn daraufhin mit der Miene eines strengen Oberlehrers: "Ihr Verkäufer und seine Familie haben das wertvolle Relikt sicher nicht eigenhändig ausgegraben. Mir scheint es logischer, dass sie es den

Grabräubern gestohlen haben und mit ihrer Beute einen lange geplanten Umzug finanziert haben."

Nun kam sich Jonas richtig dumm vor, darauf hätte er als Journalist auch selber kommen können. Vor Cynthia schämte er sich richtig.

"Da haben Sie natürlich recht", gab er kleinlaut zu.

"Aber woher hätten wir das denn wissen sollen?", ergriff Cynthia Partei für ihn.

Der Polizist klärte sie auf: "Wenn er Ihnen etwas Echtes versprochen hatte, hätten Sie sofort zu uns kommen sollen. Vor kurzem wurde ein toter Ausländer gefunden. Wir nehmen an, dass er wegen eines schiefgelaufenen Handels sterben musste."

Eine Gänsehaut befiel Jonas, der sich für seine Naivität beglückwünschte. Denn was wäre passiert, wenn er anstatt zu zahlen, nach der Herkunft der Vase gefragt hätte, nach einem Beweis für ihre

Echtheit oder nach den Hintermännern des jungen Verkäufers...

Auf einmal rief der andere Polizist seinen Kollegen lautstark in den hinteren Teil des Kellerlochs. Da er Arabisch sprach, verstanden Jonas und Cynthia nichts von dem, was er rief. Nur El Garim erblasste sichtlich.

"Er hat einen Toten gefunden", übersetzte er ihnen.

Neugierig ging Jonas dem englischsprachigen Polizisten nach und sie gelangten zu einem männlichen Leichnam, der in einem schwarzen Plastikmüllsack verpackt war. Nur der Kopf ragte heraus, da der andere Polizist den Sack aufgerissen hatte.

"Dem armen Kerl wurde die Kehle durchschnitten", stellte der polyglotte Polizist fest, fingerte dann kurz an dessen Oberkörper herum, holte einen Presseausweis aus der Jacke des Toten hervor und las den Namen vor: "Ibrahim Belosi!"

"Um Himmels willen! Und ich habe noch mit dem Hoteldirektor sein Zimmer durchsucht. Ist er der erste Journalist, der kürzlich getötet wurde?", erkundigte sich Jonas.

"Ja, warum wollen Sie das wissen?"

"Weil mir Lady Ecclesthorpe schon bei meiner Ankunft im Hotel brühwarm erzählte, dass ein Kollege von mir abgemurkst worden war, wie sie sich ausdrückte."

"Dann sollten wir der feinen Lady einen Besuch abstatten", schlug Cynthia salopp vor.

"Und dem Hoteldirektor", fügte der Polizist hinzu und begab sich mit ihnen zum Polizeiwagen, um sofort mit Blaulicht und Sirene zum Pharao Inn zu fahren, während sein Kollege und der Direktor mit dem Mordopfer zurückblieben.

Die kleine Abordnung fand die besagte Lady in ihrem Zimmer vor, wo sie sich gerade ausgehfein machte. Mit großen Augen ließ sie

Jonas, Cynthia und den Uniformierten herein.

Letzterer begann ohne große Vorrede mit seiner Befragung: "Wie ich hörte, Mylady, wussten Sie vom Tod eines Journalisten schon bescheid, ehe wir nun seine Leiche entdeckten."

"Wie bitte?" Mit noch größeren Augen stellte sie sich unwissend.

"Lady Ecclesthorpe!", sprach sie Jonas höflich, aber bestimmt an. "Leugnen ist zwecklos! Wenn Sie sich zurückerinnern, dann wissen Sie doch, dass für Ihre Aussage, einer meiner Kollegen sei abgemurkst worden, jede Menge Ohrenzeugen anwesend waren. Sie wollen das von einem Mitreisenden erfahren haben, Sie sollten sich besser an seinen Namen erinnern!"

"Also?", hakte der Polizist forschen Tones nach.

"Hören Sie mir gut zu!" Dieser von spitz geformten Lippen abgefeuerter Aufforderung zu bedingungsloser

Aufmerksamkeit folgte ein an Zungenakrobatik grenzender Redeschwall: "In meiner Heimat bin ich eine wohlbekannte, vielgeachtete und allseits beliebte Persönlichkeit, die sich jeder Problemstellung - von wem auch immer - gern und unverzüglich annimmt, damit eine für alle tolerable Lösung gefunden werden kann! Außerdem gewann ich den ersten Preis beim Gartenwettbewerb der BBC, bin in unzähligen Wohltätigkeitsorganisationen tätig sowie immer am Puls der Zeit und noch dazu eine enge Freundin der Queen!" Nun ließ sie eine kurze Pause folgen, damit das Gesagte in den Gehörgängen der Umstehenden richtig sacken konnte.

Bevor sie fortfuhr, streckte sie noch ihre Wirbelsäule durch, um einige Zentimeter größer als 1,70 Meter zu erscheinen. "Und von diesem angeblichen Mord habe ich absolut nichts gewusst und dem eingebildeten Deutschen nur davon berichtet, um ihn gehörig zu erschrecken!"

"Frechheit", protestierte Jonas. "Ich bin weder eingebildet noch Deutscher!"

Im Hintergrund biss sich Cynthia verlegen auf die Unterlippe. Es schien ihr peinlich zu sein, Zeuge der Brandrede von der resoluten Lady geworden zu sein.

"Sie haben den Mord nur erfunden, Mylady?", wunderte sich der Polizist, dessen Miene Bände sprach.

"Ja, warum denn nicht! Hier und auch andernorts werden doch andauernd irgendwelche Leute umgebracht", echauffierte sie sich und warf Jonas einen Blick zu, der ihn töten zu wollen schien. "Es tut mir aufrichtig leid, wenn ich mit meinem kleinen Schwindel einen Polizeieinsatz bewirkt habe." Sichtlich nervös spielte sie an ihrer zweireihigen Perlenhalskette herum.

Etwas ratlos blieb der ägyptische Polizist eine Weile stumm stehen, dann besann er sich. "Wenn das so ist, kann ich Sie natürlich nicht in Haft nehmen. Überlegen Sie sich fürderhin Ihre Worte genauer, da Sie damit Ihr Schicksal beeinflussen können!"

"Oh", machte sie und erblasste ein wenig. "Das merke ich mir. Wissen Sie, Herr Offizier, der englische Humor ist ein wenig schwarz."

Der nächste Weg führte das zusammengewürfelte Trio zum Büro von Mr. Tahiri, dessen stark geschminkte Sekretärin leider immer noch keine Nachricht von ihm hatte.

"Ich muss bedauern", flötete sie. "Mr. Tahiri hat sich bisher noch nicht bei mir gemeldet. In seinem Terminkalender ist für heute auch keine Besprechung eingetragen."

"Da fällt mir etwas ein", freute sich Jonas. "Sie sagten doch, dass er immer einen scharfen Dolch mit sich herumträgt."

"Ja, und?"

"Nun, wir fanden gerade einen Journalisten, der hier im Hotel gewohnt hat, mit aufgeschlitzter Kehle! Wa sagen Sie nun?"

Der Polizist packte Jonas am Arm. "Ich muss Sie bitten, keine Details auszuplaudern!"

"Ach, wie dumm von mir", ärgerte sich Jonas und hielt sich demonstrativ den vorlauten Mund zu.

Cynthia schüttelte nur betreten den Kopf. Es wusste ja wirklich jedes Kind schon aus den Fernsehkrimis, dass man Tatdetails gegenüber Zeugen oder gar Verdächtigen niemals preisgeben durfte.

"Aber Sie glauben doch nicht etwa, dass Mr. Tahiri, der sich noch nie in seinem ganzen Leben etwas zuschulden kommen ließ, ..." Empört ließ die Sekretärin das Satzende offen, doch es war klar, dass sie vehement bestreiten wollte, er hätte auch nur das Geringste mit dem Mord zu tun.

Mit erst auf den Mund gelegtem Zeigefinger, dann mit streng erhobenem, sprach ihr der Polizist ins Gewissen: "Ich verpflichte Sie zu totalem Stillschweigen. Weder der Tod eines hier ansässigen Journalisten, noch dessen Todesart soll bekannt werden! Haben Sie mich verstanden?"

"Ja, selbstverständlich", nickte sie eifrig.

Die Hochachtung vor der Polizei war hierzulande noch spürbar.

Die nächste Überraschung erwartete Jonas, als er mit dem dienstbeflissenen Offizier und der entzückenden Cynthia in das Hotelzimmer von Belosi kam. Es war im Gegensatz zu seinem ersten Besuch mit dem Direktor peinlich aufgeräumt. Kein Müll im Papierkorb, keine Unterlagen auf dem Nachttisch, kein Gepäck mehr in dem Kleiderkasten. Glücklicherweise hatte Jonas noch die zerknüllten Zettel bei sich, die er aus dem Papierkorb stibitzt hatte, und händigte sie dem Polizisten aus.

"Mr. Tahiri hat mir auch einige Zeilen aus den Notizen von Belosi übersetzt, die jetzt leider verschwunden sind. Darin fragte er sich, ob Mr. Azir Hehler oder Auftraggeber in der Sache mit den gefundenen Artefakten war."

"Mr. Azir ist über jeden Verdacht erhaben", beeilte sich der Polizist festzustellen.

Oje, dachte Jonas, der ist reich genug, um die Polizei zu schmieren.

"Wie es aussieht, ist die Putzfrau schon hier gewesen", sagte Cynthia, während sie in Schwiegermuttermanier prüfte, ob auf den Möbeln Staub lag. "Klinisch sauber!"

"Das kann bedeuten, dass Belosi vor seinem Tod ausgecheckt hat, oder dass der Täter oder ein Handlanger das Zimmer sauber gemacht hat", meinte Jonas.

"Ich werde das überprüfen lassen", kündigte der Polizist an.

So verließen sie alle drei das Hotel und der Offizier ließ sich von einem Dienstwagen abholen. Davor riet er Jonas und Cynthia noch eindringlich, sich nicht mehr auf dubiose Käufe mit ominösen Händlern einzulassen.

Die beiden spazierten gemeinsam noch in einen nahen wüstenähnlichen Park, wo sich Touristen sonnten, während sich einheimische Obstverkäufer ein Geschäft erhofften. Der ortsübliche Verkehrslärm wurde durch eine hohe Backsteinmauer etwas gedämpft und ein paar Kinder spielten Fußball.

"Jonas, ich glaube, ich werde am besten weiterziehen."

"Oh, das höre ich aber gar nicht gern, wo wir doch bereits ein eingespieltes Team geworden sind."

"Ich bin ein Zugvogel, den es immer weiter zieht, sobald er einem Käfig entronnen ist."

Natürlich fragte er sie nach ihrer Telefonnummer, um sie wiedertreffen zu können. Doch sie zeigte auf ein kleines gelbes Gewächs in ihrer Nähe.

"Die Wüste beherbergt einige Pflanzen, die sich durch ihre Giftigkeit vor Fressfeinden schützen. Dazu zählt auch diese Koloquinte. An sich ist die gesamte Pflanze giftig, aber die kleinen kürbisähnlichen Beerenfrüchte, denen sie ihren Beinamen Teufelsapfel zu verdanken hat, weisen die höchste Giftmenge auf. Die Inhaltsstoffe reizen die Darmschleimhaut und führen zu Krämpfen, Erbrechen sowie auch zu Schwindel und starken Sehstörungen."

"Wow, was du alles weißt!" Das muss ich mir merken, nahm er sich vor.

,,Sieh dir diese Pflanze genau an, sie ist wie jede andere Pflanze, sie wächst der Sonne entgegen, sie nimmt so viel Wasser aus dem öden Boden wie sie benötigt, nicht mehr und nicht weniger, sie entwickelt neue Triebe und da sie eine Koloquinte ist, probiert sie nie eine Rose zu sein."

"Von dir kann man trotz deiner Jugend viel lernen und ich dachte, du gehörst zur Generation Playstation auf Freigang. Tja, ich will nur wissen, ob du mir helfen kannst über mich hinaus zu wachsen."

"Ich bleibe nie lang an einem Ort."

"Das solltest du aber, sonst wirst du nie zu Besitz kommen."

"Weißt du was das Größte ist, was du besitzen kannst? Innere Ruhe! Denn sie ermöglicht es dir, alles zu bewältigen und zu überstehen", orakelte sie. "Ich muss mich einfach immer neu orientieren. Leb wohl und hab eine gute Zeit!"

"Was? Du willst jetzt sofort wieder weiterziehen?"

Sie küsste ihn kurz auf den Mund: "Wie heißt es so schön? Ein Abschiedskuss schmeckt nach Freiheit!"

"Ich finde eher, er schmeckt nach mehr!"

"Sieh mich als deinen Langzeitdünger fürs Leben und behalte unsere Begegnung als einen wunderbaren Zufall in Erinnerung. Bye!"

Veränderungen sind am Anfang hart, in der Mitte chaotisch und am Ende wunderbar. Dieser Spruch fiel Jonas ein, dennoch sah er ihr traurig nach und dachte an eine verpasste Gelegenheit mit der Frau seines Lebens durchzustarten.

Da tauchte hinter ihm der Professor auf: "Nanu, was muss ich da sehen? Abschied? Da fällt mir ein Sprichwort von Stendhal ein: Die Liebe gleicht einem Fieber, sie überfällt uns und verschwindet, ohne Beteiligung des Willens."

"Bei uns heißt es ganz lapidar: Liebe ist eine Krankheit, die nur im Bett geheilt werden kann."

"Primitiv ausgedrückt, aber durchaus zutreffend", stimmte ihm Penrose zu und klopfte ihm zum Trost auf die Schulter. "Wie steht's? Wollen wir einen gemeinsamen Ausflug starten?"

In Sekundenbruchteilen

durchforstete Jonas sein Gehirn
nach einer passenden Ausrede,
doch sein Mobiltelefon klingelte und
nahm ihm die Mühe zum Glück ab.
Ein Anruf von einem reichen Ägypter
erreichte ihn, der ihn in sein Haus
einlud.

9. Kapitel: **Ermittlungen im Palast**

Um dem betreffenden
Verdächtigen Nadim Ben Ali Azir
einen Besuch abstatten zu dürfen,
hatte sich Jonas ja erst schriftlich
anmelden müssen. Einige Zeilen mit
seiner Mobiltelefonnummer, die er
per Hotelpagen abgeschickt hatte,
brachten ihm nun die relativ schnelle
Einladung. Das hätte er sich nicht
erwartet, nahm aber eine
altertümliche Pferdekutsche, um
sogleich dorthin zu gelangen.

Staunend kam Jonas bei der
angegebenen Adresse an, wo er ein
riesiges Haus vorfand. Verglichen
mit den ortsüblichen Hütten stellte
sich diese Behausung als Palast dar.
Arm & Reich wohnten hier beinahe
Tür an Tür. Es war wirklich ein

imponierender Anblick von außen, ein Rausch von Farben und Formen innen. Alles in arabischem Baustil, ein wuchtiges Haupttor, ein schön gestalteter Innenhof, ein Springbrunnen und ein Wohngebäude wie für einen Kronprinzen mit uralten Möbeln und teuren Teppichen. Nur der Salon, in den ihn ein Diener in Landestracht führte, stellte sich als modern westlich eingerichtet heraus. Der honorige Mr. Azir empfing ihn auf einer teuren hellen Ledercouch, lächelnd wie die Sphinx, und deutete ihm per Handzeichen an, ihm gegenüber Platz auf einem wuchtigen Lederfauteuil zu nehmen. Auf dem pompösen Glastisch, welcher mit einem Goldrahmen eingefaßt war, lag das neueste iPhone.

"Normalerweise empfange ich meine Gäste lieber viel später, da ich ein Nachtmensch bin!"

"Wie schön, dass Sie bei mir eine Ausnahme machen."

"Mögen Sie Tee oder Kaffee?",

erkundigte er sich. Sein Designeranzug passte farblich zur hellen Ledergarnitur. Auf seiner Krawattennadel prangte ein grüner Edelstein, vermutlich ein Smaragd von 3 Karat.

"Kaffee, bitte."

Dem Diener genügte das Wort, schon brachte er eilends das gewünschte Begrüßungsgetränk, stellte es auf den Glastisch vor Jonas und verschwand dann. Der Hausherr betrachtete Jonas eine Weile und begann dann das Gespräch auf eine sehr ungewöhnliche Art.

"Wann haben Sie zuletzt öffentlich geweint, Mr. Jericho?" Eine Siamkatze mit einem Glitzerhalsband schlich hinter seiner Ledercouch herum. Azirs Physiognomie glich mit dem bauschigen Gesicht jener einer Katze, die momentan ausdruckslos auf Antwort wartet.

"Öffentlich geweint habe ich das letzte Mal vor 16 Jahren beim Begräbnis meines Opas, aber da war ohnehin nur die Familie anwesend, bis auf zwei Nachbarn. Die dachten, es gäbe einen Leichenschmaus - da haben sie sich geirrt!" Schmunzelnd nippte er an der Kaffeetasse. Das süße Getränk war so stark wie der Eindruck, den die Umgebung auf Gäste machen musste.

"Ich ziehe die Gesellschaft von Katzen jener von Menschen vor, Mr. Jericho." Das erklang aus seinem schmalen Mund wie sein Lebensmotto.

"Ja, Katzen haben das Talent, sich sogar durch Ungezogenheit Sympathie zu erobern. Leben Sie deshalb in Ägypten, Mr. Azir? Weil hier die Katzen als heilig galten?"

"Gute Frage...." Angestrengt überlegte er. "Ja, hier atmet alles Geschichte. Wenn ich morgens aufwache und auf die Pyramiden blicke, danach auf meinen Computerbildschirm, dann kann ich damit mehr anfangen als mit einem Menschen."

"Oh, fühlen Sie sich überhaupt

nicht einsam?"

"Ich lehnte einmal einen Wirtschaftspreis ab, weil ich bei dessen Annahme eine Rede von einer Stunde hätte halten müssen. Das ist mehr als ich in einem Monat rede, denn Selbstgespräche führe ich nicht. Ich rede höchstens mit meiner Sheeva." Dabei deutete er kurz zu der Siamkatze, deren Halsband aus echten Diamanten zu bestehen schien.

"Bei mir ist das als Journalist natürlich anders", gab Jonas zu. "Denn Interviews sind faktisch mein Lebenselexier, nicht nur für meinen Beruf, auch für mein psychologisches Wohl brauche ich die Nähe und die Inspiration, die aus den anregenden Gesprächen mit all den interessanten Zeitgenossen entspringt."

"Ja, WENN das Gespräch anregend ist." Dabei erhob er kurz den Zeigefinger.

"Darf ich fragen, ob Sie das Gespräch mit meinem Kollegen

Ibrahim Belosi anregend fanden?"

"Durchaus", gab er ohne Nachdenken zu. "Er fragte mich nach Artefakten, die er fotografieren wollte. Leider konnte ich ihm nicht weiterhelfen und er ging bald wieder. Außerdem rede ich weniger gern mit Zeitgenossen."

"Ach, nehmen Sie an Seancen teil, wo man die Geister der Verstorbenen beschwört?"

Mit überraschter Miene gab er zu: "Einmal nahm ich tatsächlich an einem solchen Event teil und da meldete sich der Geist von-"

In dem Augenblick, wo es hochinteressant wurde, schellte sein iPhone. Seine Katze sah ihn fragend an, ob dieser atonalen Störung leicht empört.

"Entschuldigen Sie - JA?" Angespannt horchte er den Sätzen, die in einer fremden Sprache - vermutlich Arabisch - gesprochen wurden und auch als unverständliches Flüstern an die

Ohren seines Gastes drangen. "Na schön, ich werde kommen!"

Jonas fürchtete, dass er nun sofort aufstehen und den Raum verlassen werde, womit er recht behielt. Am Weg zum Ausgang verabschiedete sich Nadim Azir noch mit einem Kopfnicken und verschwand durch die Hintertüre seines Salons.

Alleingelassen sah sich Jonas um und steuerte zielsicher zum weiter hinten stehenden Schreibtisch, wo sich einige Unterlagen befanden. Neugierig sichtete er sie und wurde fündig. In einem englischsprachigen Geschäftsbrief beschwerte sich jemand über desaströse Grabungsarbeiten. Schnell faltete er das Stück Papier und ließ es ebenso schnell in seine Hosentasche verschwinden. Gerade rechtzeitig, denn der Diener kam und erklärte Jonas auf Englisch mit starkem Akzent, dass sein Chef leider dringend fort müsse.

"Wie schade, danken Sie Ihrem Herrn für seine liebenswürdige

Gastfreundschaft!", bedauerte er das für sein Empfinden ganz plötzliche Ende seines Besuches. Er hatte nur einen Bruchteil von dem erforscht, was er herausfinden wollte, und hoffte auf einen weiteren Besuch. "Ich finde selbst hinaus."

"Ich werde Sie führen!", bestand der Diener.

So gingen sie Seite an Seite zum Haupttor zurück, wobei Jonas erst jetzt eine 2-Meter-Pharaonenstatue auffiel, welche dezent an einer Seite des Tores innerhalb des Vorhofes stand.

"Oh, welch überragende Persönlichkeit, dieser Ramses II. Sollte seine Statue nicht eher im Museum stehen?"

Mit einem distinguiertem Blick maß der Diener den Gast und erwiderte: "Das ist nur eine Replika aus dem 3D-Drucker."

"Ach? Gibt es schon so große Drucker?"

Erneuter distinguierter Blick. "Die

Statue besteht aus 20 Elnzelstücken."

"Aha, ja, jetzt sehe ich sogar die Schnittstellen. Sieht aber von weitem wie echt aus." Nun kam er sich etwas dumm vor und verabschiedete sich rasch.

Na klar, dachte er sich auf dem Rückweg zum Hotel, der reiche Mann wird doch nicht mit echten Stücken, die er unter der Hand erworben hat, vor Gästen protzen. Die echten Statuen hat er sicher in seinen geräumigen, der Öffentlichkeit unzugänglichen, Privatgemächern gebunkert. Von Belosis Tod schien er entweder keine Ahnung zu haben, oder die Ahnungslosigkeit auch nur vorzugeben. Jammerschade, dass ich nicht Gedanken lesen kann.

Mittlerweile war es dunkel geworden, Jonas ließ sich sein Abendessen aufs Zimmer kommen - Curry-Huhn mit Reis samt Weißwein zum Runterspülen - und studierte den Brief, den er in Azirs Palast mitgehen ließ. Der Absender - ein

Geologe namens Albert Pelfrey - beschwor Nadim Ben Ali Azir, sich für den Abbruch der desaströsen Ausgrabungen in der Nähe von Saqqara einzusetzen. Dieser Pelfrey meinte, Azir hätte so viel Einfluss, dass er es schaffen würde, die zerstörerischen Grabungen zu beenden und der heiligen Erde ihre Geheimnisse zu überlassen.

"Sehr merkwürdig", sagte Jonas zu sich selbst.

"Was ist sehr merkwürdig?"

Erschrocken erkannte er, dass Agatha ihn wieder in seinem Hotelzimmer aufgesucht hatte. Geschäftig wedelte er mit dem erbeuteten Brief herum.

"Hier schreibt ein Geologe. Er will, dass sich Azir stark macht, der heiligen Erde ihre Geheimnisse zu lassen."

"Ich denke, da hat er sich an die vollkommen falsche Person gewandt. Nadim Azir ist besonders scharf auf neue kostbare

Sammelstücke für seinen Palast."

"Ja, den Eindruck hatte ich allerdings auch!"

Agatha bekrittelte, dass er Azir nicht gefragt habe, wann er Belosi zuletzt gesprochen hatte. "Das ist nun wirklich die erste Frage, die ein Ermittler in Sachen Mord stellen würde, mein Lieber. Sie haben die Gelegenheit verpasst."

"Immerhin habe ich nicht ausgeplaudert, dass Belosi schon tot ist. Vielleicht weiß Azir davon noch gar nichts."

"Das bezweifle ich stark, denn so ein Typ Mann weiß alles durch seine Mittelsmänner, die ihm Neuigkeiten zutragen, um einen kleinen Obulus kassieren zu können."

"Hm, da haben Sie natürlich recht. Könnten Sie nicht den Geist von Belosi fragen, ob er uns einen kleinen Hinweis auf seinen Mörder geben will?"

"Wie ich Ihnen damals in England schon erzählte, sind manche Geister leider nicht darauf erpicht, uns Hinweise auf ihre Mörder zu geben. So ist es auch mit Mr. Belosi, der sich weigerte, mit mir Rücksprache zu halten."

"Verdammt! Naja, da kann man nichts machen. Mir fehlen Motiv und Beweise gegen die Verdächtigen", beklagte er sich.

"Stimmt, da gibt es für Sie noch jede Menge zu tun."

"Wissen Sie was, Mrs. Christie? Nadim Azir gestand mir, ein Nachtmensch zu sein. Wie wäre es, wenn Sie ihn heute Nacht observieren und mir dann von etwaigen verdächtigen Umtrieben von ihm berichteten?"

"Hm, ja, ich glaube, das wird sich machen lassen!"

Mit einem Mal wurde ihre Erscheinung durchsichtig bis sie schließlich ganz verschwand, worauf sich Jonas zur Ruhe in sein gemütliches Hotelbett begab.

10. Kapitel: **Ausflug ins**

Altertum

Im Speisesaal würdigte ihn Lady Ecclesthorpe beim Frühstück keines Blickes, ja sie drehte sich demonstrativ von ihm weg, sodass ihre tropfenförmigen glitzernden Ohrringe wackelten. Dafür gesellte sich Thusnelda zu ihm. In ihrem weißen Kaftan mit buntem Modeschmuck sah sie hinreißend aus.

"Von Ihnen hätte ich mir mehr Geschmack erwartet", giftete sie ihn unerwartet an.

"Was meinen Sie damit?" Verwirrt stocherte er in seinen gerührten Eiern herum. "Das Essen ist doch ausgezeichnet!"

"Wer redet denn vom Essen!", schnarrte sie hochnäsig und verdrehte die Augen.

"Gefällt Ihnen etwa mein dunkler Anzug nicht?"

"Ich habe Sie mit einer blonden Tramperin gesehen."

"Cynthia?"

"Wie sie heißt, weiß ich nicht, interessiert mich auch nicht. Jedenfalls schien sie mir wie aus einer Mülltonne gekleidet."

Das hörte sich stark nach Eifersucht an. Jonas entschied sich dafür, diese nicht noch weiter anzuheizen und gestand ihr die Wahrheit: "Keine Sorge, sie ist bereits weitergezogen. Wir hatten auch keine Affäre miteinander, wie Sie vielleicht meinen."

"Pah, geht mich doch nichts an, ich wunderte mich nur, dass Sie mit einer armen Tramperin unterwegs sind. Jetzt, wo sie fort ist, könnten Sie mit mir einen Ausflug unternehmen. Ich will nämlich nach Malqata, wo ein Palast aus dem 14. Jahrhundert vor Christus steht, der von Amenophis III. erbaut worden ist. Wenn Sie Lust haben, können Sie mit mir dorthin fliegen."

"Wer würde dazu schon 'nein' sagen", stimmte er zu. "Sie in Weiß und ich in Schwarz sehen beinahe wie ein Brautpaar aus."

Im Touristenbus zum Flughafen gab es Klimaanlage und westliche Musik. Thusnelda plapperte unentwegt auf Jonas ein und dieser nickte brav, lachte ab und zu und machte ihr Komplimente über ihr Aussehen und ihr Wissen über das Altertum. Eine Reihe hinter ihnen saß Terence Trenton und scrollte unentwegt auf seinem Handy herum, mitunter lachte er laut auf, was Jonas annehmen ließ, er sehe sich einen obszönen Film an. Endlich hielt der Bus, sie bestiegen das Flugzeug, eine Maschine der Lufthansa, und landeten nach einer 3/4 Stunde knapp 500 km Luftlinie von Kairo entfernt. Mit dem Taxi ging es weiter bis zu dem besagten Palast, von dem leider nur noch eine Ruine übrig war, jedoch mit noch immer beeindruckenden Details. Die Bemalungen an den Wänden mit Tierszenen und auch die Blumen- und Sumpflandschaften gefielen ebenso wie die Dekoration aus Fayence. Thusnelda hatte in ihrer Tasche außer ihrem Handy noch eine Spiegelreflexkamera, mit der sie eifrig Beweisfotos ihres Besuches schoss. Entweder, um ihrer Laufbahn als Journalistin neuen Schub zu geben, oder ihren Freundinnen daheim zu imponieren. Das Wetter zeigte sich heute weniger heiß als gestern und ein kühler Wind erfrischte die Touristen. Unter ihnen auch Lady Brighton, diesmal in Begleitung ihres Gatten. Sie schien sehr glücklich zu sein und winkte Jonas und Thusnelda freundlich zu. Neben ihr hielt sich auch das Kinski-Double auf. Eine Kleinigkeit erregte Terence Trenton so sehr, dass er einen Wutanfall bekam. Es ging darum, dass er einen Sonnenschirm wollte, den ihm natürlich keiner geben konnte, also brüllte er herum, was hier für ein mieser Organisator am Werk sei.

"Der sieht nicht nur so aus wie Klaus Kinski, der verhält sich auch noch so", stellte Jonas schmunzelnd fest.

"Wer ist Klaus Kinski?", fragte Thusnelda.

"Ach, ein Irrer, der Schauspieler wurde und noch vor Ihrer Geburt starb", erklärte er salopp. "Dieser Mann war ein einziges Triebwerk und zuckte schon bei Kleinigkeiten aus."

"Und Mr. Trenton sieht so aus wie er?"

"Er hätte ihn locker doubeln können."

"Wie lustig!"

Da erkannte Jonas den Polizisten, mit dem er zuerst den Leichnam Belosis gefunden und danach Lady Ecclesthorpe besucht hatte. Scheinbar hatte er hier beruflich zu tun, denn er trug seine Uniform und grüßte Jonas mit einem Salut seiner rechten Hand an seine Kappe.

"Entschuldigen Sie mich kurz, Thusnelda, ich muss nur einen Bekannten begrüßen." Eilig lief er zum Uniformierten, begierig darauf zu erfahren, ob er im Auftrag der Mordermittlungen hier sei.

"Aus ermittlungstechnischen

Gründen darf ich Ihnen darüber keine Auskunft geben", meinte er, schien noch immer etwas verärgert darüber, dass Jonas gegenüber der Sekretärin so gesprächig war.

"Verstehe, können Sie mir denn gar nichts sagen? Ich könnte Ihnen eventuell weiterhelfen. Ich half auch voriges Jahr der englischen Polizei bei einer Mordsache erfolgreich."

Der Polizist, der sich nun endlich als Al Hamdi vorstellte, teilte ihm mit, dass er in Erfahrung bringen konnte, Zeugen hätten einen blonden Mann vom Tatort flüchten gesehen. In Jonas Gehirn tauchte sofort ein Blonder auf, und zwar der rauffreudige Kinski-Doppelgänger.

"Ich will ja niemanden beschuldigen, doch ein gewisser Mr. Terence Trenton ist nicht nur blond, sondern auch sehr, wie soll ich es ausdrücken, äh- leicht erregbar. Vorgestern prügelte er sich in einer Bar wegen einer Nachtclubtänzerin und heute erregte er sich wegen eines fehlenden Sonnenschirms. Sie können ihn von hier aus sehen."

"Danke für den Hinweis, dem ich nachgehen werde. Übrigens, hat Ihnen jemand Diamanten zum Kauf angeboten?"

"Nein, wird hierorts nach Diamanten geschürft?"

"Das nicht, aber wir sind einem schwunghaften Handel mit Blutdiamanten auf der Spur. Ich muss nun leider wieder weiter", verabschiedete er sich.

Kaum war er weg, fiel Jonas noch ein blonder Mann ein, doch leider nicht dessen Name. Er erinnerte sich nur an einen großen blonden Engländer im Hotel, kehrte dann zu Thusnelda zurück, die natürlich wissen wollte, was er mit einem hiesigen Polizisten zu besprechen hatte.

"Den Offizier lernte ich im Zuge meiner Begegnung mit der blonden Tramperin kennen", klärte er sie nur kurz auf, ohne ihr vom Fund des ermordeten Belosi zu berichten. Nicht, weil er sie verdächtigte, sondern um ihr die traurigen

Umstände zu ersparen.

"Es ist immer vorteilhaft, sich bei der Polizei im Urlaubsland einzuschleimen", grinste sie.

Der Kurzausflug in eine alte Welt endete wenig später und um 12.20 Uhr kehrte Jonas schon wieder in sein Zimmer zurück, um sich wieder in sein Safari-Outfit zu kleiden. Nach einem kurzen Snack im Speisesaal wollte er eigentlich wieder herumschnüffeln, um Lady Ecclesthorpe zum Beispiel, doch von ihr fand sich im Hotel keine Spur.

Mit einer Dose Cola kam ihm Professor Penrose in einem hellen Anzug mit schickem Baseball-Käppi entgegen.

"Nanu, Sie trinken dieses Kinderbelustigungswasser? Haben Sie keine Angst um Ihre Leber?", wunderte sich Jonas.

"Im Preis für den Mietwagen war ein Six-Pack Cola-Dosen inkludiert", erklärte er ihm. "Wie wäre es mit einer Ausfahrt zu den

Ausgrabungsstätten in Saqqara?
Dort sind kürzlich jede Menge
Altertümer in einem Totentempel
entdeckt worden. Oder sind Sie
immer noch auf Mördersuche?"

"Saqqara, darüber las ich kürzlich
in einem Brief." Wenn der Mord an
meinem Kollegen mit den dort
gefundenen Schätzen
zusammenhängt, wäre ein Besuch
dort für mich sogar sehr sinnvoll,
dachte er sich. "Dorthin begleite ich
Sie sehr gern, Professor!"

"Besitzen Sie einen
Führerschein?"

"Fragen Sie eine Ente, ob sie
schwimmen kann?" Mit einer coolen
Geste setzte er sich seine Ray
Ban-Sonnenbrille auf.

"Dann lassen Sie uns keine Zeit
verlieren, ich bin gespannt, ob wir
beim Fund einer neuen Sensation
Zeuge werden dürfen!"

"Langsam, Professor! Die
Antiquitäten liegen Tausende Jahre
herum, da werden sie uns schon

nicht davonlaufen."

"So klug bin ich auch", erwiderte Penrose, "doch die eifrigen Archäologen könnten sie schneller verladen haben als wir uns ins Auto setzen!"

Der Mietwagen stellte sich als alter Volvo heraus, der über keine Elektronik und Airbags verfügte. Unter der Staubschicht musste der Wagen irgendwo eine grüne Lackierung tragen. Die Fenster musste man noch herunterkurbeln. Es würde also eine Art Reise in die Vergangenheit werden. Mit all ihren Gefahren, die unsere moderne Welt mit technischen Hilfsmitteln zu verhindern suchte...

11. Kapitel: **Die Wüste lebt**

Auf Ägyptens Straßen brauchte man als Autofahrer nur drei Dinge: gute Bremsen, eine gute Hupe und viel Glück. Darum war Jonas auch heilfroh, endlich aus der Stadt herausgekommen zu sein. Ganz ohne Blechschaden hatte er den Leihwagen auf eine öde Landstraße gebracht, links und rechts davon wirbelte bei der Fahrt Sand auf. Am Rücksitz thronte der Professor, blätterte sehr interessiert den Reiseführer für Ägypten durch, verglich hin und wieder die Route mit der App seines Handys, wobei er bedeutungsvoll den Kopf schüttelte.

"Dieses Büchlein stammt noch aus der Zeit Kleopatras", echauffierte er sich.

"Und die Zeit Kleopatras ist schon lang vorbei, die Zeit von Mutter Theresa leider auch."

Mit einem kurzen Blick durch die Seitenscheibe meinte Penrose: "Immerhin scheint seither nicht sehr viel verändert worden zu sein."

"Ja, mich wundert auch, dass noch keine Hotelbauten die Landstraße säumen", scherzte Jonas, der sich wie der unbezahlte Chauffeur von dem feinen Herrn Professor fühlte. Die drei großen Pyramiden, die 20 km von Kairo entfernt auf Besucher warteten, und die man trotz der deutlichen Zeichen des Verfalls nur als majestätisch bezeichnen konnte, hatten sie schon hinter sich gelassen. Wie die Pyramiden einst gebaut wurden, darüber stritt man sich noch heute, aber einige Gelehrte behaupteten doch glatt, die alten Ägypter und ihre Sklaven hätten ja so viel Zeit gehabt, also sind sicher nur Hammer und Meißel zum Einsatz gekommen...

"Ich finde es so urtümlich ohne gewohnte Technik, bis auf den Verbrennungsmotor dieses Vehikels", gab der Professor bekannt.

"Und ich finde es fast schon anachronistisch, wenn wir so ganz ohne die Elektronik und die angenehme Stimme des Navis auskommen müssen."

"Verflixt, ich vergaß mein Handy aufzuladen, na, bald werden wir ohnehin in ein Gebiet ohne Netz kommen", tröstete sich Penrose.

Ein heißer Wüstenwind blies Jonas durch das weit offene Seitenfenster ins Gesicht, kleine

Staubkörnchen frästen ihm die obere Hautschicht wie ein Peeling ab. Seine Gedanken schweiften ab zu den bisherigen Ereignissen, die er vergeblich zu ordnen versuchte. Dass sich kein Radiosender mehr ohne Störgeräusche empfangen ließ, deutete er als böses Omen. Obwohl die empfangbaren Sender ohnehin nur eine der ortsüblichen Dudelmusiken spielten, oder an Litaneien erinnernden Sermon. Der Motor begann auf einmal zu stottern und plötzlich hielt der alte Volvo an. Eine Autopanne mitten im Nirgendwo! Das war wirklich das Letzte, was sie gebrauchen konnten.

Einige Minuten lang versuchte Jonas unter der aufgeklappten Motorhaube den Grund für den unerwünschten Aufenthalt zu finden, doch musste er mangels technischer Kenntnisse aufgeben und der Professor stellte leider fest, dass hier nur ein Ölwechsel helfen würde. Wütend knallte Jonas die Motorhaube zu und starrte erst auf sein Smartphone, dessen Akku leer war, und dann hilflos herum. Seine bequemen Mokassins waren für einen Marsch quer durch die Ödnis nun wirklich nicht das richtige Schuhwerk - ziemlich neue Mokassins - und Penrose hatte ebenfalls wenig taugliche Fußbekleidung in Form von Schlüpfern, wo Stiefel eindeutig die richtigere Wahl gewesen wären. Rings herum nur der Staub der Jahrhunderte in Form von endlosen Sandmassen.

Über den Rand seiner Sonnenbrille sah Jonas den Professor an. "Wie weit ist es noch bis Saqqara?"

"Zu weit um unser 800-Kilo-Gefährt per Körperkraft dorthin zu schieben!"

Wir sind geliefert, dachte Jonas verbittert, jetzt können wir womöglich stundenlang auf Hilfe warten.

"Wir sind zwei kleine Säugetiere, die bald großen Durst bekommen werden", klärte Penrose ihn auf und warf seine leere Cola-Dose in den Fond des streikenden Wagens.

"Vor allem, weil man von dem Gesöff noch mehr Durst bekommt", keifte Jonas. "Hätten Sie nicht an einige Flaschen Mineralwasser denken können?"

"Lieber Freund, mein Gehirn ist derart mit Wissen angefüllt, dass es für solche Banalitäten keine Kapazität mehr frei hat!"

"Jedenfalls sind wir ohne Technik nur auf uns zurückgeworfen, was fällt Ihnen dazu ein?"

"Unser kurzes irdisches Leben wird von Natur aus durch zwei Angelpunkte definiert, Zeugung und Tod. Beide Phasen sind mit extrem archaischem Lustgefühl junktimiert. So ist ein geniales biologisches Perpetuum Mobile geschaffen, das eine Evolution über Jahrtausende automatisch sicherstellt. In keiner anderen Phase des Lebens sind wir Menschen hilfloser den Naturgewalten ausgeliefert!"

Während er ununterbrochen weiter wie ein Oberlehrer daher brabbelte, schaute sich Jonas verloren um und entdeckte einen Aufreger.

"Jetzt sehen Sie sich das an: eine leere Plastikflasche am Rande der Wüste!", echauffierte er sich und hob sie auf, mit der Intention sie in den nächsten Mülleimer zu werfen. "Der Mensch ist wirklich eine Bestie und vergewaltigt die Natur, wo er nur kann!"

"Diese menschliche Grundhaltung, die Natur zu missbrauchen oder vielmehr zu gebrauchen, ist völlig normal", belehrte ihn der Professor gestenreich. "Ein Elefant zum Beispiel wirft auch mit Leichtigkeit einen Baum um, entwurzelt ihn, nur um einige Blättchen aus der Krone zu zupfen, die er mit seinem Rüssel nicht erreichen konnte."

"Schon, aber er tötet nicht zum Spaß. Kein Tier tut das."

"Pah, Sie haben wenig Ahnung von Katzen. Ich beobachtete einmal eine Katze auf Freigang, die in einem Park einen Specht erwischt hat. Was tat sie? Sie tötete ihn, guckte dann blöd und schlich sich auf ihren Samtpfoten davon, als ob nichts gewesen wäre."

"Herr Professor, Sie berauben mich meines Glaubens an so etwas wie ein irdisches Gleichgewicht von Liebe unter den Geschöpfen."

"Wer weiß, vielleicht liebte die Katze den Specht sogar und hat es ihm nur auf eine unorthodoxe Art und Weise nähergebracht."

"Also einen Humor haben Sie ... zum Steinerweichen!"

"Dabei war ich noch gar nicht zu Ende mit meiner Ausführung. Der Sündenfall der Evolution ist faktisch die Heterotrophie, das sich Einverleiben andrer Lebenwesen. Die Katze hat sich dieses Sündenfalles im Park eigentlich gar nicht schuldig gemacht."

"Schluss, ich steige gedanklich aus", gestand ihm Jonas.

Dessen ungeachtet fuhr der von sich selbst etwas zu sehr

eingenommene Professor fort: "Die Lösung für das Problem der Heterotrophie wäre die Assimilierung, also das Aufgehen in der Umgebung ohne diese zu zerstören. Aber dieser Vorgang ist uns Menschen leider nicht möglich. Eventuell passiert er in einem Paralleluniversum."

"Genau da möchte ich in diesem Moment sein", murmelte Jonas und ließ die Plastikflasche wieder fallen. Schon überlegte er, ob er den Professor ärgern sollte, indem er ihn zum Beispiel fragte, ob er an der Clayton Universität studiert hatte, welche als sogenannte Titelmühle bekannt war, die akademisch klingende Titel zum Kauf anbietet, unterließ es aber. Jemand zu reizen, der sich in so feindlicher Umgebung eventuell noch als nützlich erweisen könnte, fand er keine gute Idee.

Da, wie aus dem Nichts, tauchte am Horizont eine Gestalt auf einem Kamel auf, die sich rasch näherte.

Der Mann trug einen safrangelben Burnus und Stiefel, die

ihm ein martialisches Aussehen gaben, und stellte sich als Vamco vor.

"Nach Saqqara wollt ihr? Ich kann euch durch die Wüste auf direktem Wege hinführen, aber das kostet euch etwas!" Schon streckte er eine offene Handfläche aus.

Jonas nahm widerwillig einige Pfundnoten aus seinem umgehängten Ledertäschchen und auch der Professer fingerte das begehrte bedruckte Papier aus seiner Börse.

"Wisst ihr, was in der Wüste ist?" Grinsend machte Vamco mit weit ausholender Geste eine Kunstpause. "Nichts als Angst."

"Nicht sehr aufmunternd", bemerkte Jonas.

Der Professor wusste diesen Hinweis anders zu deuten: "Damit will er nur versinnbildlichen, dass wir von jetzt an seiner Großmut ausgeliefert sind."

"Nun denn, wohlan, folgt mir!"

Was sie auch willig taten. Vamco saß auf seinem Kamel wie ein König auf dem Thron und seine neuen Untertanen folgten ihm. Ein Skorpion flüchtete noch rasch seitwärts beim Anblick des Trios samt Trampeltier.

"Ein Stich von ihm ist für einen Europäer unbehandelt absolut tödlich", erläuterte Vamco mit verschmitztem Gesicht.

"Na, wir wären nicht die Ersten, die mit der Flugrettung wieder heimtransportiert werden", vermutete der Professor.

"Hier kann kein Hubschrauber landen", erinnerte der schlaue Beduine, der es sichtlich genoss, seine Kunden zu erschrecken.

"Wir hätten beim Bestatter schon einen Termin ausmachen sollen", witzelte Jonas. "Fast tut mir der Skorpion leid, weil er nun keinen von uns stechen konnte."

Da musste gleich wieder der Professor mit seinem Wissen auftrumpfen: "Menschen entwickeln normalerweise in erster Linie Mitgefühl für hochentwickelte Warmblüter und nicht für Insekten und Asseltiere und all das Gewürm, das da kriecht und noch dazu giftig ist. Und zwar für Warmblüter, die sich das Mitgefühl vorher verdient haben!"

"Das ist das Fatale an der menschlichen Natur. Ich hätte Sie als Vertreter der höher gebildeten Bevölkerungsschicht schon für etwas feinfühliger gehalten", kritisierte er ihn hart.

"Mein liebenswerter Mr. Jericho, ich entziehe Ihnen das Prädikat 'liebenswert'. Kümmern Sie sich um die baldige Erweiterung Ihres geistigen Horizonts", schnauzte er zurück, wobei unklar blieb, ob er es ernst meinte oder nur seinem englischen Humor Ausdruck gab.

Vamco trieb sie zum Weitermarsch an: "Sparen Sie sich Ihre Kräfte für den Weg! Weitergehen!"

"Jawohl, mein Führer!", zischte

Jonas.

So oft hatte er schon Western gesehen, in welchen die Helden schmachtend durch die Wüste zogen. Und das tagelang. Leider war er nicht aus deren Holz geschnitzt. Schon nach vier Stunden im Wüsten-Paradies wurde sein Herzschlag langsamer, die Atmung ruhiger und er bekam ein anderes Verständnis von dem, was Zuhause bedeutet. Sie legten auf seinen Wunsch hin eine Rast ein, was auch Penrose sehr begrüßte. Vamco gab ihnen aus der Wasserflasche, die seinem Kamel am Sattel hing, zu trinken. Natürlich erst nachdem er neuerlich einen Obulus dafür kassiert hatte. Davor versicherte er ihnen noch, dass schon zahlreiche Karawanen hier verdurstet sind.

Nur widerwillig zahlte Jonas 100 Ägyptische Pfund für einige Schlucke erfrischenden Nasses und flüsterte danach Penrose zu: "Der scheint das Gesetz von Angebot und Nachfrage zu kennen, ohne je eine Wirtschafts-Uni besucht zu haben."

"Sie können die Handlungen dieser rustikalen Menschen nur verstehen, wenn Sie die Denkweise alter Völker implementieren", belehrte ihn der Professor. "Es geht um uralte mythische Rituale."

"Ich fürchte, es geht mehr um Geldgier."

"Nun, das Geld wurde wohl zum Zivilisationsanschub!"

"Ha! Da fällt mir der Witz vom Mann mit Autopanne auf der Bundesstraße ein."

"Mir ist momentan zwar nicht nach Witzen zumute, aber erzählen Sie", forderte ihn Penrose auf.

Da rief ihnen Vamco aus einiger Entfernung zu: "Sie sollten sich Ihre Kräfte für die Reise sparen. Nicht tratschen wie die Weiber!"

Nach einem Moment der inneren Ruhe begann die weitere Wanderung. Nächste Etappe: gefühlte 25 Kilometer. Jonas sah ein wenig komisch aus. Denn aus Omas großem weißen Stofftaschentuch hatte er sich mittels vierer Knoten an den Enden eine Art Häubchen gebastelt, um sich vor den aggressiven Sonnnenstrahlen zu schützen. Der Weg führte über Berge von Sand, unter denen er weiß Gott was vermutete: die Ruinen eines vergessenen Pharaonenreiches, verborgene Basen von Aliens oder einfach nur die ausgebleichten, vom Sand überwehten Gebeine von verdursteten Kamelen...

Die nächste Rast hatte vor allem Jonas nötig.

"Puh, hier ist es so heiß, da flimmert die Welt an mir vorbei", stellte er schwitzend fest, sah sich um und wollte nach dieser banalen Mitteilung etwas Tiefsinnigeres von sich geben. "Fühlen Sie sich auch manchmal beengt, obwohl Sie im Freien sind und das Universum nach wie vor expandiert?"

"In Ägypten begegnen sich Himmel und Erde, Wüste und Meer, Vergangenheit und Zukunft", philosophierte Vamco.

"Zukunft?"

"Oh ja, wir werden immer moderner. Es sind weniger Eselskarren unterwegs und viel mehr Autos."

"Naja, aber in der Wüste ist doch ein Kamel das ideale Fortbewegungsmittel", meinte Jonas, so als kenne er die Gegend wie seine Hosentasche.

"Stimmt. Ich gebe Ihnen einen guten Rat: Wenn Sie in die Wüste gehen, sollten Sie Ihre Reisegefährten genau kennen. Entweder diese Leute werden Ihr Leben retten, oder", hier machte er eine künstlerische Pause und ließ seine Pupillen unauffällig zu Penrose wandern, "zu Ihrem Tod führen."

"Hm, das klingt einschüchternd." Jonas beäugte sich diesen Vamco genauer. Körperlich völlig unauffällig kehrte er, wenn er sprach, die Brust heraus wie ein Zwerghahn.

"Sonst geht es wohl rasch südwärts."

"Südwärts?"

"Das sagen Engländer doch, wenn sie meinen, es geht alles abwärts: it's going south!"

"Jaja", stimmte Jonas zu, der nicht einwenden wollte ja aus Österreich zu stammen, denn er war viel zu beschäftigt, die bereits abblätternde Haut von seiner Nase zu ziehen. Jetzt rächte es sich, dass er keine Sonnencreme aufgetragen hatte.

Penrose, der das Gespräch von den beiden für eine kleine Pinkelpause genutzt hatte, kam wieder näher. "Ich habe vor einigen Jahren eine Wüstendurchquerung in Algerien unternommen. Das Land und ich hatten anfangs eine schwierige Beziehung, denn schon der Visa-Antrag gestaltete sich mehr als anstrengend, von den Strapazen der Reise ganz zu schweigen. Unser Guide hatte jedoch zur Unterhaltung ein Schachbrett dabei. Können Sie da mithalten, Mr. Vamco?"

"Schach?" Ein entgeisterter Blick

folgte der Ein-Wort-Frage.

"Ja, das Spiel der Könige, das bereits im 13. Jahrhundert seinen Weg von Persion nach Europa fand."

"Bestimmt nicht quer durch die Wüste", mischte sich Jonas ein.

"Hätte ich ein Schachbrett bei mir, würde ich es Ihnen sofort verkaufen", versicherte ihm Vamco. "Leider besitze ich keins!"

Dieser Mensch hält den Kerl für unseren Animateur, wunderte sich Jonas, dessen Nerven möchte ich haben.

"HM! Wenn wir jetzt weiterziehen", meldete sich Penrose wieder zu Wort, "dann würde ich zur Abwechslung mal gern auf dem stolzen Wüstenschiff sitzen! Ist sicher angenehmer als die Fortbewegung per Pedes."

"Der Ritt kostet einen Aufpreis!", verkündete Vamco erfreut und streckte schon die offene Handfläche aus.

Im Pharao Inn hatte sich Lady Ecclesthorpe in ein luxuriöses Kostüm von Chanel gekleidet, mit Hut und Handtasche verließ sie auf unbequemen Stöckelschuhen das Hotel. Kurz darauf hielt eine schwarze Limousine neben ihr und sie stieg ein. Von weitem hatte die Szene Terence Trenton beobachtet, der sich in einem schneeweißen Anzug und ebenfalls gut behütet wieder einmal auf die Suche nach einer willigen Frau machte. Mit lässigem Gehabe zündete er sich eine Zigarette an und winkte ein Taxi heran.

Die Nacht hatte sich wie eine dunkle Decke über die Wüste gelegt und der Professor gähnte, ehe er zugab: "Bei Dunkelheit gewinnt der Gedanke, sich zum Schlafe hinzulegen, viele Synapsenschaltungen hinzu."

"Wie immer kompliziert ausgedrückt, aber vollkommen richtig erkannt", kommentierte Jonas und blickte zu Vamco.

Dieser hatte das Kamel

angewiesen in die Knie zu gehen und löste den Sattel von dem braven Tier ab. Jonas und der Professor setzten sich in den Sand und atmeten tief aus. Beide hatten den Eindruck, in den Stunden rund um ganz Kairo herumgelaufen zu sein. Und zwar in einem Riesenumkreis, sodass sie natürlich keine Gebäude sahen oder den dort üblichen Lärm hörten.

Vamco hatte aus mitgebrachtem Holz ein Feuer entzündet und aus ebenfalls in den Satteltaschen mitgeführten Utensilien wie Wassertopf und Teeblättern ein schmackhaftes Heißgetränk gebraut, dass er in Zinnbechern seinen Gästen servierte.

"Wie schön wäre es, wenn Sie auch noch ein Abendessen für uns herbeizaubern könnten", regte Jonas an, pustete den Dampf vom Tee in seinem Becher und nippte kurz daran. Das Getränk schmeckte herrlich süß und füllte rasch den rebellischen Magen.

"Leider kann ich Ihnen keinen Fisch fangen, denn hier gibt es keine", sagte Vamco trocken.

"Fisch ist wegen des enthaltenen Schwermetalls auch nicht das Gericht meiner Wahl", wandte der Professor ein. "Ich bevorzuge Rebhuhn, doch von dieser Spezies gibt es hier leider auch keine."

"Ach ja", sagte Jonas gedankenverloren, "am Lagerfeuer da werden oft mehr Geschichten erzählt als je erlebt wurden..." Erwartungsfroh sah er von einem zum andern, doch keiner sagte etwas, bald herrschte richtige Totenstille. Ihn fröstelte.

Inzwischen stieg im weit entfernten Pharao Inn eine Party für die betuchten Gäste. Die reichen Gäste hatten sich wieder in Galakleidung geworfen und parlierten angeregt in dem festlich geschmückten Ballsaal des Hotels miteinander. Diener in der Landestracht servierten alkoholische Getränke, obwohl man das in dem Land nicht so gern sah. Bei dieser feuchtfröhlichen Party war natürlich auch Thusnelda dabei. Sofort steuerte sie den größten Mann an, einen Gentleman im Smoking und flötete: "Ich wage kaum zu fragen, Mr. Johns, aber würden Sie mich nach draußen auf die Terrasse begleiten?"

Natürlich kam der elegante Herr namens Johns , ein blonder Hüne mit kantigem Gesicht und Schwiegermutter-Appeal, dem sein Oberlippenbart ausgezeichnet stand, dieser Bitte nach und geleitete sie nach draußen.

Eine der anwesenden Ladies meinte spitz: "Diese junge Frau sieht so aus als würde sie sich sogar am Weg zur Damentoilette verirren."

"Oh, da schätzen Sie die junge Lady aber vollkommen falsch ein", verteidigte Lord Newring ritterlich die nun Abwesende.

"Möglich!", gab die Dame zu. "Das ist vielleicht nur ihr Trick um sich einen reichen Mann zu angeln."

"Also bitte", rügte er sie mit strengem Blick. "Das ist ja eine glatte

Unterstellung."

"Nein, das ist meine persönliche Meinung, auf die ich wohl ein Recht habe!"

Auf der Terrasse sahen sich Thusnelda und Mr. Johns auf dem nächtlichen Himmel die Sterne an.

"Ob es da oben Leben gibt, wie wir es kennen?", forschte sie, wobei sie den Blick vom Himmel zu ihrem Begleiter wandte.

"Wir werden alle sterben, bevor die Antwort gefunden wird!"

Mit der Endlichkeit des Lebens konfrontiert, wollte sie etwas Bedeutendes mitteilen. "In der Unendlichkeit des Universums müssen wir uns bewusst sein, dass unser Platz genau hier ist, genau jetzt!"

Zustimmend nickte er. "Nur, dass unser Platz hier leider begrenzt ist, während der da draußen eben unendlich ist und wir niemals einen andern Ort als den auf unsrer geplagten Mutter erreichen können."

"Wie schade, dass dieser deutsche Journalist nicht hier ist, den fand ich nämlich ziemlich amüsant", flötete sie, ohne auf seinen Pessimismus einzugehen.

"Meinen Sie Jonas Jericho? Ich sah ihn vor Stunden mit dem aufgeblasenen Penrose in einem uralten Wagen wegfahren."

"Schade! Der hätte mich sicher zu einem Glas Champagner eingeladen", redete sie weiter und klimperte mit ihren Wimpern.

"Darf ich für ihn einspringen?", begriff er schnell ihren Wink.

"Sehr gerne, Mr. Johns." Innerlich jubelte sie, da ihr Plan zu klappen schien.

"Nennen Sie mich doch Barry!"

"Ich finde Sie sehr nett, Barry!"

"Dann werde ich mal für uns beide eine ganze Flasche ordern. Laufen Sie nicht weg, Thusnelda."

"Ich stehe hier wie angewurzelt und harre Ihrer Wiederkehr!", hauchte sie, wobei sie krampfhaft versuchte, ihren kleinen Busen etwas mehr hervorzuwölben.

Mitten in der Wüste saßen Jonas, der Professor und Vamco noch immer um das schwächer werdende Feuer herum. Sie hatten keinen Sinn für die Schönheit der Sterne am Firmament. Vor allem Jonas fühlte sich unwohl, fast wie in die Urzeit versetzt, wo Neandertaler wohl auch um das von ihnen erfundene Feuer herum saßen und in die Flammen stierten.

"Komisch, dass es in einem so heißen Land in der Nacht immer so kalt wird...", versuchte er ein Gespräch in Gang zu bringen - erfolglos.

Nur Vamco ging kurz darauf ein, als er ein Scheit Holz nachlegte: "Feuer spendet Licht in der Dunkelheit und wärmt die Seele!"

"Eine Decke würde mich mehr wärmen."

Daraufhin warf ihm Vamco eine

Satteldecke seines Kamels zu, die er sich mit dem Professor teilen musste. Dann füllte der Beduine seine Feldflasche aus einem Tornister, der hinten am Kamelsattel befestigt war, mit frischen Wasser nach. Vorsorglich schien er alles für eine lange Reise Benötigte mit sich zu führen.

Alle drei saßen wieder um das Feuer herum, stierten in den Schein der funkensprühenden Flammen und hingen ihren trüben Gedanken nach. Die Stille - bis auf das leise Knistern des Feuers - war groß, breitete sich aus, legte sich schwer auf ihr Gemüt, bis sie endlich einschliefen.

Auf der Terrasse des Pharaos Inn tranken Thusnelda und Mr. Barry Johns ihren Champagner. Das edle Getränk fühlte sich spritzig auf der Zunge an und wirkte erregend. Schon fühlte sie eine Gänsehaut, die sie zuerst ihrem Begleiter zuschrieb.

"Mir ist ein wenig kalt", beschwerte sie sich und trat näher an ihn heran, legte ihren Kopf an seine Schulter.

Zärtlich nahm er sie in den Arm und genoss ihren verliebt zu ihm aufschauenden Blick.

In der Wüste erwachte Vamco und schlich sich zu seinem friedlich dösenden Kamel. Aus dessen Satteltasche nahm er noch einige Datteln, um diese süße, auch 'Brot der Wüste' genannte, Delikatesse in aller Seelenruhe allein zu verspeisen. Mit Blick auf seine schlafenden Kunden spuckte er hin und wieder einen Kern aus und grinste hämisch.

Mit der Seelenruhe auf der Terrasse des Pharao Inn war es zur gleichen Zeit vorbei, denn der große Barry entzog sich sanft aber bestimmt der innigen Umarmung von Thusnelda.

"Es tut mir unendlich leid, Thusnelda, aber ich habe noch eine wichtige geschäftliche Verabredung."

"Wie bitte?" Ihre großen Augen drückten ebensolch großen Unglauben aus. "Mitten in der

Nacht?"

"Junge Dame, hier in Ägypten kann man die besten Geschäfte um diese Tages-, pardon Nachtzeit machen. Wir haben sicher noch ausreichend Gelegenheit, unsere gemeinsame Liebe zur Astronomie ausleben zu können." Zackig nickte er noch mit dem Kopf zum Abschiedsgruß und eilte pflichtbeflissen von dannen.

"Irgendwie komme ich mir betrogen vor", murmelte sie und beschloss, noch einen Spaziergang zu machen.

12. Kapitel: **Der Pharao ruft**

Als Jonas erwachte und sich seine vom Sand verkrusteten Augen säuberte, sah er verschwommen eine zierliche weibliche Gestalt auf sich zukommen. In einem weißen Sommerkleid mit wehendem Spitzenschal.

"Thusnelda! Wie kommen Sie denn hierher?"

Anstatt zu antworten, tat sie sehr

geheimnisvoll, gestikulierte, er solle ihr folgen, was er freilich bereitwillig tat.

"Ich träumte heute Nacht, dass mich der Pharao ruft", wisperte sie, wobei sie verführerisch den Mund zum Kuss spitzte.

"Und da sind Sie sofort hierher gekommen?", fragte er verblüfft.

"Ungern, denn in der Wüstenlandschaft lauern Gefahren!"

"Keine Angst, wenn ein Skorpion auftaucht, ekle ich ihn für Sie weg!", versprach er.

Mitten in der Wüste fand sie eine weggeworfene leere Getränkedose, die sie wütend mit dem Fuß wegkickte.

"Ich habe mich immer gefragt, warum man Müll nicht einfach in einen aktiven Vulkan schmeißt", beschwerte sie sich mit ihrer piepsigen Stimme.

"Weil die Anfahrt wohl zu lang wäre", schätzte Jonas und fragte sich, wie man in dieser Situation auf so eine Idee käme. Außerdem gab es hier keinen Vulkan. Das einzig Heiße war die Sonne und diese brannte unerbittlich von einem wolkenlosen Himmel, eigentlich stand sie viel zu hoch für diese Tageszeit, fiel ihm auf.

"Ich glaube, ich muss ein Dornröschen-Dasein fristen", säuselte Thusnelda, "wo erst in 100 Jahren ein Prinz daher kommt!"

Das enttäuschte Jonas etwas, denn er hätte sich gewünscht, dass sie in ihm einen Prinz erkennt.

"Ich müsste mal austreten", kündigte sie unvermittelt an, wobei sie hin und her zappelte.

"Oh, tun Sie sich keine Zwang an, ich schaue solange weg", versprach ihr Jonas.

"Nein, im Freien pinkeln könnte ich nie, da würde es mir alles bei den Augen rausdrücken."

"Das würde Sie aber unattraktiv machen", scherzte er, seine

Kleidung klebte an seinem verschwitzten Körper als hätte er eben geduscht.

"Ich hatte mal eine Lehrerin, die war so hässlich, dass die Vögel sie immer nur mit einem Flügel überflogen. Mit dem anderen hielten sie sich die Augen zu! HAHA!"

Nun dämmerte es Jonas, dass die arme junge Dame wohl einen Sonnenstich bekommen hatte. "Miss Thornhill, Sie sollten Ihren Kopf bedecken, sonst-"

Da kollabierte sie vor ihm und er stand hilflos da wie ein Lemming, der überlegt, ob er von der Klippe springen soll oder lieber doch nicht.

"Oh mein Gott, was sollen wir jetzt mit ihr machen?"

Der Professor blickte zu Jonas und begann ihm zu erklären: "So wie man das Ich durch das Du definiert, also durch das eigene Abgrenzen zum anderen, so definiert sich das Wir durch das Ihr. Jede Gruppe bildet sich entweder sekundär aus einem gemeinsamen Interesse oder der Ablehnung zu einem bestimmten Thema oder primär aus einem sozialen oder kulturellen, religiösen, geographischen Hintergrund heraus."

"Professor, wir haben hier ein Problem, Ihre Führungsqualität ist gefragt!"

"Bei primären Gruppen, in die man hineingeboren wird, ist die Führung der Gruppe eher informell. So werden meist schon etablierte Autoritäten, die älteren Generationen, etc. als Leitfiguren der Gruppe gesehen."

"Professor, haben Sie auch schon einen Sonnenstich?"

Da zog der Professor plötzlich einen Dolch hervor und kündigte mit irrem Blick an: "Gleich haben SIE einen Stich!"

Mit schreckgeweiteten Augen erwachte Jonas und überlegte, inwieweit der Alb, den er gerade durchlebt hatte, in die Realität hineinragte. Er war immer noch in der Wüste und wusste nicht, ob er jemals die Zivilisation wieder erreichen würde. In seinen Ermittlungen war er auch keinen Schritt weitergekommen, wie es aussah würde er eher die nächste Leiche werden. So einen Durst wie in dem Augenblick hatte er noch nie. Der Mund hatte sich zur Wüste in seinem Körper entwickelt, doch er lenkte sich so gut es eben ging davon ab. Die gute Agatha war ihm leider nicht erschienen, sie ließ sich nicht so einfach ein- und ausschalten wie eine Nachttischlampe. Seine Gedanken schweiften zu-

"Sie sehen schlecht aus", teilte ihm Vamco unvermittelt mit. In seinem Ton lag allerdings nicht das geringste Mitleid.

"Das liegt daran, dass ich innerlich bereits vertrocknet bin."

"So sehen Sie nicht aus."

"Haben Sie vielleicht Salztabletten? Ich schwitze ja meine ganzen Mineralien aus."

"Nein."

"Und etwas Wasser?"

Aus seinem Burnus holte Vamco seine Feldflasche heraus und reichte sie ihm zum Trunk, sogar ohne etwas dafür zu verlangen. Offenbar fühlte er doch so etwas wie Erbarmen für seinen maroden Reisegefährten. Der Trunk fühlte sich für diesen wie Nektar an und dankbar gab ihm Jonas die Flasche halb geleert wieder retour, nun schien ihm gepflegte Konversation angesagt.

"Das Leben des Menschen ist, wie wir von Odysseus gelernt haben, ein einziger Eiertanz zwischen Skylla und Charybdis. Auf der einen Seite wartet die Einsamkeit in der Wüste und auf der andern Seite ein Geschwader Geier auf Nahrung." Betroffen blickte er dabei nach oben.

"Sehen Sie irgendwelche Geier?", erkundigte sich Vamco, ohne in den Himmel zu schauen.

"Nein, aber ich wette, es dauert nicht lange, bis einer anfliegt und sich an uns gütlich tut."

"Hatten Sie schon einmal ein ähnlich schlimmes Erlebnis?", erkundigte er sich interessiert.

"Oh ja, ich wurde mal beim Skiurlaub von einer Lawine verschüttet und musste eine viertel Stunde unter einer eisigen weißen Masse ausharren."

"Und was war für Sie schlimmer? Die weiße eisige Masse oder die stechende Hitze hier?"

"Hier eine Abstufung des Grades, was schlimmer ist, zu machen, ist unmöglich", bekannte Jonas und blinzelte ihm zu, ehe er sich seine Sonnenbrille aufsetzte. "Beides hat meine Physis in ihren Grundfesten erschüttert. Ach, wenn wir jetzt nur einen Bruchteil der weißen Masse hier zur Kühlung hätten."

"So ist der Mensch: will immer was, das er nicht haben kann."

Der Professor - auch schon erwacht - mischte sich ins Gespräch ein: "Wussten Sie, dass der Mensch seine Augenbrauen nicht zur Zierde hat? Sondern um zu verhindern, dass wir unseren Schweiß in die Augen bekommen."

"Wie überaus interessant und so hilfreich hier in der Ödnis", meinte Jonas sarkastisch.

"Die Mona Lisa im Louvre hat keine."

"Keine was?"

"Keine Augenbrauen! Ihr fehlen sie!"

"Vielleicht fehlen ihr auch die Schweißdrüsen."

"Den meisten Menschen fällt das überhaupt nicht auf", wunderte sich Penrose, wobei er von Jonas zu Vamco blickte, der nur stumm dabeistand.

"Professor, so sehr ich Ihren Wissensumfang auch schätze, den Sie anderen immer wieder genüsslich unter die Nase reiben", bemängelte Jonas, "aber ich finde, Sie sollten sich hierorts mit einem anderen, für uns alle nützlicheren Thema beschäftigen."

"Womit denn, Herr Journalist? Mit der Klimakrise? Mit der Erderwärmung? Die hat es in der Wüste schon lange vor El Nino gegeben. Wir leben in einer Zwischeneiszeit und es wird unweigerlich wieder kalt und unwirtlich werden, ob es den Leuten gefällt oder nicht, sie werden sich der herrschenden Natur anpassen müssen, ohne jegliche Möglichkeit des Einspruchs!"

"Sie sind ein Meister der Sprache und sollten nach Österreich kommen und in die Politik gehen! Solche Leute wie Sie, die nur theoretisieren und nichts zustandebringen, sind dort gern gesehen!"

"Wir sollten aufbrechen!" Vamco trieb sein gesatteltes Kamel voran und ging unbeirrt daneben her.

Derweil war Jonas ein ausgespuckter Dattelkern aufgefallen, den er dem Professor unter die Nase hielt.

"Scheint fast so, als würde unser Reiseführer eine Notration an Verpflegung mit sich führen", folgerte Penrose.

"Das scheint mir auch so."

Ohne Frühstück trabten sie verdrossen durch die Unmengen an Sandmassen, nur einen Schluck von dem kostbaren Wasser aus Vamcos Flasche gab es nach einer halben Stunde gegen Bares zur Erfrischung - 200 Pfund wechselten den Besitzer. Aber Jonas lechzte nach einem guten Eiskaffee mit Schlagobers, der feine Professor nach einem Eistee und einer Schwarzwälder Kirschtorte. Den Grund für ihre Fahrt hierher - nämlich die Ausgrabungen antiker Schätze zu besichtigen - hatte keiner von beiden mehr im Kopf.

Plötzlich zeigte der Professor auf etwas seitlich von ihnen. "Sehen Sie nur, da hat jemand vor uns etwas vergessen, es scheint ein Seil zu sein."

"Merkwürdig, wozu bringt man ein

Seil hierher mit?", fragte sich Jonas mehr selbst.

Schon eilte Penrose dorthin, da erhob sich das vermeintliche Seil auf einmal und spreizte sein Nackenschild - eine Kobra fauchte ihn an. Sofort ließ sich der Professor auf den Rücken fallen und stellte sich tot, worauf die Schlange das Weite suchte, da er ohnehin zu groß zum Hinunterwürgen war.

Vamco kam dazu und stellte mit Vergnügen fest: "Haben Sie großes Glück, Professor. Die Schlange scheint Sie verschont zu haben, weil Sie so eine mächtige Seele haben."

"Ich brauche auf den Schreck einen kräftigen Schluck Whisky, zur Not auch H_2O."

Der Geldgeste Vamcos folgte die Ausfolgung der letzten großen Banknote aus seiner Börse. Langsam rappelte er sich nach dem Genuss von dem lauen Brackwasser wieder auf und blickte triumphierend zu Jonas, der mit schreckgeweiteten Augen in einiger Entfernung stand.

"Das war knapp, Professor. Zum Glück ist die Tierwelt in der Wüste eher untervertreten. Ich bräuchte auch einen Schluck!"

Der Geldgeste Vamcos folgte ein entsetzter Blick in die fast leere Geldbörse.

"Nur noch 50 Pfund. Mehr gibt es nicht mehr!", sagte er bestimmt, händigte sie ihm aus und schnappte sich die Flasche.

"Ihre Brille würde mir sicher passen!" Mit schnellem Griff bemächtigte sich Vamco Jonas' Sonnenbrille und setzte sie sich auf die Nase.

Gierig trank Jonas die Feldflasche leer. "Uff! Teurer als ein Glas Schampus!"

"Mich beruhigt, dass dieser Kameltreiber nicht auch noch mein Käppi haben wollte! Wie ging der Witz mit dem Mann auf der Bundesstraße?", erkundigte sich der Professor, um sich von seinem Elend abzulenken, putzte sich den Staub von seinem Anzug und machte wieder den gewohnt überheblichen Eindruck.

"Was? Ach so. Tut mir leid, Herr Professor! Nicht nur, dass ich die Pointe vergaß, ich hab auch vergessen, wie die Bundesstraße überhaupt aussieht!"

"Haha", machte der Professor, was sich allerdings wie ein kurzer Husten anhörte. "Der war gut!"

Da plötzlich blendete Jonas etwas zirka 20 Meter vor ihm im Sand. Angestrengt kniff er die Augen zusammen und fragte sich, was das metallene Etwas wohl sei, das ihm die Sonne zeigen wollte. Nur ein Spiegel? Ein antikes Artefakt? Ein vergessener Wasserbehälter aus napoleonischer Zeit? Wortlos eilte er zu der blinkenden Stelle um Nachschau zu halten. Hinter sich hörte er schon Verstärkung. Klar, wenn es hier etwas zu holen geben sollte, dann wäre er nicht der Einzige, dem sich eine Aussicht auf Ruhm und Reichtum stellte.

"Was ist das?", fragte sein Hintermann, der Professor, beim Anblick eines Metallteiles, das wie ein erhobener Zeigefinger aus dem Wüstenstaub ragte.

"Keine Ahnung, da müssen wir schon etwas Sand beiseite buddeln", antwortete ihm Jonas, kniete sich hin und begann mit beiden Händen zu graben. "Sieht aus wie ein Metallspielzeug."

Vamco half ihm eifrig und legte alsbald ein kleines Gerät frei. "Unglaublich, das ist einer der Mini-Roboter, mit dem man in den Pyramiden die Schächte erkundet!"

"Aber warum liegt so ein teures Stück hier im Nirgendwo unter Tonnen von Sand begraben?", wollte Jonas wissen, der glaubte, schon wieder einem Albtraum zum Opfer gefallen zu sein.

"Aus allen möglichen Gründen, zum Beispiel, weil der Besitzer nichts mehr damit anfangen kann, oder weil die Hüter der Pyramiden um die Lösung all ihrer Geheimnisse bangen", schätzte Penrose.

"Jedenfalls hilft er uns in unserer Situation nicht weiter."

"Ich nehme ihn mit, denn ich kenne jemanden, der ihn reparieren kann", verkündete Vamco und ging mit seinem Fund, den er nach der Reparatur wohl gewinnbringend verkaufen wollte, einfach zu seinem Kamel und stieg auf um weiterzureiten.

Der Professor folgte ihm. "Unser Weg kommt mir so elend lang vor, als würde ich im Paläozoikum dahin darben, stoisch an einem Schachtelhalm knabbern und auf die Erfindung des Rades warten."

"Ein Rad würde uns hier auch nicht schneller vorwärts kommen lassen", stellte Jonas fest. "Ich muss eine Rast einlegen."

Vamco bewegte sich hoch zu Kamel weiter, der Professor setzte sich zu Jonas in den Sand und verbarg sein Gesicht in den Händen. So saßen sie selbstvergessen eine halbe Stunde da und erkannten dann mit Schrecken, dass ihr Reiseführer samt Kamel einfach aus ihren Augen verschwunden war.

"Wohin ist er geritten?", fragte Jonas besorgt, stand auf und drehte sich auf seinem Platz um 360 Grad.

"Keine Ahnung, sicher in die ihm über Jahrezehnte hinweg bekannte Direktive auf einem für uns unsichtbaren Trampelpfad. Denn anders als wir wurde der schon mit Sand zwischen den Zehen geboren."

"Aber ich habe ihn vorhin doch noch am Horzont gesehen."

"Ich auch, dann entschwand er aus meinem Blickfeld. Als wäre er am Kurvenscheitelpunkt einfach abgetaucht."

Beide erblickten ratlos in der Ferne nur milchigen Dunst und etwas aufgewirbelten Staub, scheinbar hatte Vamco seinem Kamel den schnellsten Trab angeordnet.

"Er hat uns absichtlich zurückgelassen, weil wir ihm all

unser Geld bereits ausgehändigt haben", ärgerte sich Jonas. "Wir hätten ihm seinen Lohn erst am Ziel geben sollen.

"Darauf hätte sich so ein gewitzter Beduine doch niemals eingelassen. Diese Nomaden sind intelligenter als sie aussehen. Es bringt uns auch nicht weiter, uns über das erratische Verhalten aufzuregen, das uns in diese prekäre Lage gebracht hat."

"Können Sie mich bitte erschießen und im Fundament einer Pyramide einzementieren?", fragte ihn Jonas, der in Momenten der Verzweiflung immer die Flucht in den Humor nahm.

"Bedaure", erklärte der Professor mit todernstem Gesicht. "Weder Pistole noch Pyramide sind zur Zeit vorhanden. Eventuell ist er nur Wasser holen gegangen."

"Pah, das glauben Sie ja selber nicht! Falls ich mal Krebs kriegen sollte, dann gebe ich ihm den Namen Vamco!", versprach ihm Jonas mit leichter Verbitterung.

Es blieb ihnen nichts anderes übrig als einfach in die Richtung weiterzugehen, in welcher Vamco hoch zu Kamel verschwunden war, in der vagen Hoffnung ihn bald wieder einzuholen.

Im Pharao Inn pochte Lady Brighton in einem zyklamfarbenen Kleid an Jonas Zimmertür, welcher ihr leider nicht öffnen konnte. Der charmante Mr. Johns erkundigte sich im Vorbeigehen, ob er ihr irgendwie behilflich sein könnte.

"Ja, ich wollte eben diesen netten Journalisten bitten, mich ins Ägyptische Museum zu begleiten, denn mein Mann hat sich wieder einmal davongemacht", ärgerte sie sich.

"Das ist doch überhaupt kein Problem, Lady Brighton", säuselte der Hüne und strich sich eine blonde Strähne aus der Stirn. "Darf ich Sie dorthin bringen? Ich kenne mich hier schon ziemlich gut aus."

"Das ist ja reizend von Ihnen, Mr. Johns."

"Nennen Sie mich Barry!"

"Dann lassen Sie uns beiden Hübschen ins Museum huschen, Barry!" Hocherfreut hakte sie sich bei ihm ein und tänzelte an seiner Seite davon.

Von so einem fröhlichen Gemüt konnten der Professor und Jonas nur träumen. Tief deprimiert wankten sie schon müde durch den Sand und plötzlich blieb Penrose stehen.

"Hören Sie das?" Theatralisch hielt er sich bei der Frage eine Hand wie einen Trichter ans Ohr.

Angestrengt lauschte Jonas. In freudiger Erwartung eines Motorengeräusches von einem Jeep, einem Truck oder auch einem Panzer horchte er in die Wüste um sich herum, ehe er mit herabgezogenen Mundwinkeln verkündete: "Nein, ich höre absolut nichts, nicht einmal zirpende Grillen!"

"Das ist es ja: die totale Stille! Herrlich für gereizte Menschen zum Entspannen! Ein Balsam für die

Nerven."

"Na, Sie machen mir Spaß. Ich bin bald gereizt wegen der Aussichtslosigkeit unserer Lage!"

"Lieber Freund, in der Bibel ist die Wüste der Ort der Gottesbegegnung", belehrte ihn der Professor wie einen retardierten Studiosus. "Der Ort innerer Einkehr. Große Religionsgründer zogen sich stets in die Einsamkeit zurück."

"Lieber Professor, ich gedenke nicht, eine Religion zu gründen, obwohl das jede Menge Geld versprechen würde. Und mich introspektiv zu betrachten, davon lasse ich lieber ab, denn es gibt für mich so viel Interessanteres als mein Ego!"

"Das glaube ich Ihnen sofort. Mir scheint es jedoch von Nutzen, wenn wir uns auf das Positive unserer Situation besinnen. Weit ab von den Übeln der Zivilisation, von der Pein des Neoliberalismus und der grenzenlosen Geldgier all unserer Zeitgenossen."

Daraufhin machte Jonas einen kleinen Luftsprung, den seine immer knapper werdende Energie gerade noch zuließ, und erwiderte: "JUHU! Wir sind uns am Arsch der Welt selbst überlassen und können endlich unsere inneren Konflikte aufarbeiten!"

Weitab davon, in der Zivilisation von Kairo fiel das Fehlen von Jonas bereits der holden Thusnelda auf und sie begab sich zur Rezeption, um sich nach seinem Verbleib zu erkundigen.

"Oh, ich bedaure, Miss Thornhill, doch habe ich keine Nachricht von Mr. Jericho. Er ist gestern nicht ins Hotel gekommen."

"Ja, sollten wir da nicht die Polizei verständigen?"

"Nein, davon rate ich ab. Sehen Sie, unser schönes Land hat so viele Sehenswürdigkeiten zu bieten, die man am Tage alle gar nicht besichtigen kann. Daher ist es völlig selbstverständlich, dass sich einige Gäste über Nacht die Schönheiten

Ägyptens ansehen."

"Naja, wenn Sie das sagen..."
Unschlüssig stand sie in ihrem neuen
rosa Chanel-Kostüm vor der
Rezeption und überlegte, ob der
eifrige Angestellte recht haben
könnte.

"Glauben Sie mir, Ihre Sorge ist
unberechtigt. Sie werden sehen, Mr.
Jericho taucht bald wieder auf und
erzählt Ihnen dann von seinen
Abenteuern."

"Also von der gewissen Art
einiger Abenteuer will ich gar nichts
wissen."

Kilometerweit davon entfernt
kämpfte sich Jonas mit dem
Professor immer noch durch den
schier unendlichen Wüstensand.
Diese ausgedörrte Landschaft
verweigerte die elementarste
Zeitmessung: die der Jahreszeiten.
Denn hier sah das Land immer nur
öde aus, Sommer wie Winter. Doch
gewährte es dem Besucher eine
exorbitante Faszination, wenn er
nicht gerade um sein Leben fürchten

musste.

Im Gedanken war er sogar bei Thusnelda, von der er bereits geträumt hatte. Sollte der Traum gar eine innere Verbundenheit zwischen ihr und ihm bedeuten, fragte er sich.

"Ach Thusnelda..."

"Wie bitte?", fragte der Professor. "Sehen Sie eine Fata Morgana?"

"Nein, bald überhaupt nichts mehr. Ohne Sonnenbrille werde ich sicher bald blind!"

"Nun übertreiben Sie nicht so schamlos! Die Nomaden durchstreiften Jahrzehnte vor Erfindung der ersten Sonnenbrille anno 1752 die lebensfeindlichen Wüstengebiete, also werden Sie in den paar Tagen, die wir noch unterwegs sind, sicher nicht erblinden!"

"Noch ein paar Tage? Spätestens morgen sind wir beide verdurstet", ereiferte sich Jonas und versuchte dabei nicht in Panik zu verfallen. "Ein Fressen für die Geier!"

"Sie sind kein Optimist!"

"Ich verrate Ihnen was, Professor: Jeder, der morgens aufsteht und sich wäscht, ist schon Optimist - denn sonst würde er liegen bleiben. Leider konnte ich mich hier ja nicht waschen, außer ich würde ein Sandbad nehmen."

"Ich vernehme so eine stille Resignation in Ihrer Stimme. Glauben Sie mir, das Schicksal öffnet einem immer wieder eine neue Tür!"

"Haha, da fällt mir ein Spruch meiner Oma ein: Neues Türschild und die alten Probleme sind verschwunden."

"Wenn ich in seltenen Fällen einmal gedrückter Stimmung bin", sinnierte Penrose und fächelte sich mit seinem Käppi Luft zu, "dann denke ich an meine Schulkollegen, die es nicht nach oben geschafft haben."

"Nur sentimentale Rückwärtsgewandtheit könnte mich

veranlassen, den weiteren Verlauf der Lebenswege derer kennenlernen zu wollen, die mir schon in der gemeinsamen Schulzeit das Leben zur Hölle gemacht haben."

"Nun sehen Sie sich das an!", rief Penrose aus und zeigte auf ein in der flirrenden Luft noch weit entfernt stehendes Gebilde. "Wenn das keine Luftspiegelung ist, dann muss es sich hierbei um eine Fluchtmöglichkeit für uns handeln!"

Verwirrt stolperte Jonas von dem weichen Sand auf eine deutlich härtere Sandpiste und glaubte auch, seinen Augen nicht trauen zu dürfen.

"Sehen Sie auch, was ich sehe?", erkundigte sich der Professor.

Der von der Hitze stark mitgenommene Jonas rieb sich die Augen: "Ich weiß nicht recht. Halluzinationen sind oft die Folge von Stress, Schlaflosigkeit und einer unterdrückten Vorstellungskraft!"

"Also ich sehe ein Kleinflugzeug!", konkretisierte

Penrose und Jonas nickte nur.

Da stand doch tatsächlich eine alte klapprige zweisitzige Piper, Baujahr 1947, die Tragflächen sahen aus wie Holzspanten mit gewachstem Papier bespannt. Unglaublich, Jonas fragte sich insgeheim, ob es sich bei dem Flieger nicht doch um eine Fata Morgana handelte. Doch Penrose rannte los wie vom Skorpion gestochen und jubelte wie ein Pennäler, der seinen Lehrer reingelegt hatte. Übermütig rief er seinem hinter ihm müde herbei schleichenden Begleiter eine Bestandsaufnahme entgegen.

"Der Vogel ist unbeschädigt und der Tank ist noch halb voll, scheinbar keine Bruchlandung gewesen. Mal sehen, was meine geistigen Fähigkeiten an Reparatur-Know-How hergeben."

"Ohne Werkzeuge wollen Sie reparieren?"

"Lieber Freund, oft ist nur ein Ventil locker."

"Oder eine Schraube", ergänzte Jonas, der sein Taschentuch-Häubchen abnahm um sich damit über das verschwitzte Gesicht zu wischen. "Puh, lange mach ich diese Tortur nimmer mit! Na, falls Sie die Mühle nicht hinkriegen, haben wir wenigstens etwas Schatten!"

"Geben Sie mir Ihr Taschentuch, ich muss etwas abputzen!"

Ohne Widerrede übergab es Jonas dem Professor, der damit am Flugzeug geschäftig herumwedelte, während er unter einem Flügel den Schatten genoss.

"Es wird etwas dauern, denn die Reparatur wird sicher eine fizzlige Angelegenheit", murmelte Penrose eifrig herumwischend.

In der Zwischenzeit zog sich Jonas seinen rechten Mokassin aus und kippte eine Ladung Sand heraus. Im linken Schuh hatte er viel weniger davon drinnen. Verwundert über dieses Ungleichgewicht überlegte er, woran das denn liegen könnte, wurde aber noch vor der Lösung aus seinen Gedanken gerissen.

"Los, Bewegung!", forderte ihn Penrose nun auf. "Zuerst müssen wir die Räder vom Sand befreien."

Schon hockten beide nebeneinander und schaufelten mit bloßen Händen den Sand von den Rädern der kleinen Maschine, rollten sie dann von ihrem Standort, um zu sehen, ob sie noch mobil genug für einen Start war. Es sah vielversprechend aus. Die Sandpiste erinnerte Jonas an die Nazca-Linien in Südamerika. Wenn es dem großmäuligen Professor wirklich gelänge, den Motor wieder flottzumachen, dann stünde einem Flug zurück in die Zivilisation nichts mehr im Wege. Innerlich betete er darum von hier wegzukommen, während der Professor den Continental-A-40-Motor inspizierte und ein wenig daran herumhantierte. Hier schien sich sein überbordendes Wissen endlich bezahlt zu machen.

"Ich glaub, ich hab das Malheur

behoben. Los, rein in die fliegende Seifenkiste!"

"Werden wir auf dieser sandigen, eher weichen Piste überhaupt vorwärtskommen?" In Jonas' Stimme lag Zweifel.

"Wir werden es spätestens in zwei Minuten mit Sicherheit wissen", kündigte Penrose an und kletterte nach Jonas in die kleine Pilotenkanzel hinein, um seinen Platz vor ihm in den Tandemsitzen einzunehmen. Kurz schaltete er noch an den diversen Hebelchen herum und tat einen tiefen Atemzug.

"Bitte, lieber Gott, mach, dass wir hier abfliegen können", betete Jonas zu seinem Schöpfer.

13. Kapitel: **Der Flug des Phönix**

Der Professor brachte den Motor auf Touren, die Propeller drehten sich, das Flugzeug vibrierte als würde es jeden Augenblick auseinander fallen, er löste die Bremsen und die Piper rollte los. Schon bei einer geringen

Geschwindigkeit von etwa 70 Km/h trotzte sie der Schwerkraft, löste sich zögernd vom Boden und hob in einer Staubwolke ab. Beinahe senkrecht stieg der kleine Flugapparat hoch. Jonas Herz setzte für zwei Schläge aus, ehe es wieder wusste, wofür es im Körper zuständig war. Sein leerer Magen stellte sich allerdings als Vorteil heraus. Mit Erfolg unterdrückte Jonas den Brechreiz und raste die Emotionsskala ähnlich einer Achterbahn rauf und runter. Himmelhochjauchzend, dann wieder angstzitternd, ja sogar Freudentränen weinend saß er hinter dem zum Piloten mutierten allwissenden Professor.

"Na sehen Sie, Sie Angsthase, dem Tüchtigen lächelt das Glück!"

"Wir sind zwei Amateure in einer professionellen Situation", stellte Jonas fest.

"Ich bin alles andere als ein Amateur, mein Freund!" Der Professor schien in seinem Element zu sein. "Ich besitze den Flugschein seit ich 12 bin."

"Sobald ich wieder in Wien bin, nehme ich auch Flugstunden", versprach Jonas mehr sich selbst.

"Unsere Rettung verdanken Sie meinen Flugkünsten", prahlte der Professor voreilig noch im Steigflug.

"Ich danke Ihnen, sobald meine Freudentränen getrocknet sind!"

Sie gewannen rasch an Höhe, nur ein gleichmäßiges Vibrieren der Maschine war zu spüren und das Rattern der Propeller zu hören. Nur im Sichtflug unterwegs, ohne GPS und Radar. Unter ihnen dehnte sich die Wüste aus wie eine endlose Sandkiste, in welcher ab und zu einige grüne, sehr anspruchslose Pflanzen standen. Der Anblick war atemberaubend und auch ziemlich einschüchternd. Denn einen Absturz aus dieser Höhe würden sie mit an Sicherheit grenzender Wahrscheinlichkeit nicht überleben. Immerhin herrschte hier oben keine so tropische Temperatur, doch dafür trieb die Gefahr den Schweiß aus den Poren.

Verglichen mit der relativen Sicherheit in einem großen Verkehrsflugzeug fühlte sich der Flug mit der kleinen Maschine aus dem vorigen Jahrhundert wie ein Ritt auf dem Hexenbesen an. Den Elementen ausgeliefert, keine sexy Stewardess, die Mahlzeiten oder Sekt serviert und keine Unterhaltungselektronik. Aber beim Anblick der unendlichen Weite des blauen Himmels rund um sie herum wurde ohnehin keinem der Insassen langweilig. Vor allem nicht dem Professor, der die Instrumente im Auge behalten musste. Zu Jonas' Erstaunen gab er gar keine naseweisen Kommentare ab und schien sich in der Rolle des Aushilfspiloten sehr zu gefallen.

So ging es zirka eine knappe Stunde dahin, während der Jonas belustigt einfiel, dass in Filmen in einer solchen Lage meist ein Hubschrauber auftauchte und eine atemlose Jagd auf das Kleinflugzeug startete. Doch zum Glück blieb die Luftjagd aus und zum Unglück zeigte der Kraftstoff-Durchfluss-Messer schon kaum mehr Fuel an. Endlich zeichnete sich unter ihnen glitzernd der Nil ab, dem sie als Orientierungsmerkmal folgen konnten - immer noch Ägyptens Hauptverkehrsader.

Der Nil, dieser geschichtsträchtige Fluss, der seine Anwohner nährt und auch gefährdet, überlegte Jonas, fließt dahin wie eh und je, ganz unabhängig davon wer an der Regierung ist oder wer auf ihm Schifffahrt betreibt.

"Festhalten, die Landung kann etwas holprig werden", bereitete Penrose seinen Mitflieger auf Ungemach vor.

Jonas machte ein Kreuzzeichen und faltete die Hände zum Gebet. Seine Gedanken schweiften zu seiner Großmutter in Wien ab, die wohl sehr um ihn weinen würde.

Penrose drückte die Nase der Piper runter und sie setzte wider Erwarten sanft auf einer Asphaltstraße neben einer Ortschaft auf. Dankbar machte Jonas ein weiteres Kreuzzeichen, indem er Stirn, Brust und nacheinander seine Schultern berührte.

"Die Erde hat uns wieder! Und Gott-sei-Dank, ich lebe noch!", entfuhr ihm.

"Das haben Sie mehr meinem Können als Gott zu verdanken."

"Naja, immerhin hat Gott SIE doch erschaffen", erinnerte ihn Jonas.

"So gesehen...", murmelte Penrose und stieg aus der kleinen Kanzel aus.

Einige Kinder kamen neugierig herbeigerannt und bestaunten den gelandeten Metallvogel und die beiden Fremden, die sich rasch davon entfernten.

"Ich bin dafür, wieder nach Kairo zurückzukehren, mein Freund! Denn ich verspüre keine Lust mehr auf die Besichtigung von irgendwelchen Ausgrabungsstätten!"

"D'accord!"

"Oh, der französischen Sprache sind Sie auch mächtig?" Anerkennend hob er die Augenbrauen.

"Jawohl, Herr Professor, ich habe mir ebenfalls Bildung angeeignet!" Bei der Aussage empfand er einen kleinen Triumph.

Bald standen sie einträchtig nebeneinander an der einsamen Landstraße, die nur von einigen Dattelpalmen gesäumt wurde, um ein vorbeikommendes Auto aufzuhalten, Penrose räusperte sich und Jonas ahnte, dass er gleich wieder etwas Bedeutsames von sich geben werde.

"Der Aufenthalt in der Wüste hat doch etwas Reinigendes für die Seele, finden Sie nicht auch? Darum zog sich Christus auch für 40 Tage in diese staubige Örtlichkeit zurück!"

"So lange hätte ich nicht durchgehalten!"

"Aber, aber, Sie sind schließlich noch jung und risikobereit und ein

Deutscher noch dazu!"

"Ich glaube nicht ,dass die Einstellung von Risiken liebenden jungen Männern mit ihrer Nationalität in irgendeiner Weise korreliert. Außerdem stamme ich aus Österreich!"

"Aha, na, dann mögen Sie es natürlich eher gemächlicher!"

So standen sie eine Weile stumm da bis ein Pickup hielt, auf dessen Ladefläche ein Ziegenpärchen meckerte. Die wilde und für beide luftige Fahrt neben ihren tierischen Mitreisenden über Schlaglöcher und Steine rüttelte ihre Innereien durch und fühlte sich wie ein Erdbebentraining an. Zwischen den sehr zutraulichen Tieren, die Jonas' Gesicht ableckten, um dessen salzigen Schweiß aufzunehmen, überfiel diesen das dumpfe Gefühl reingelegt worden zu sein.

"Wissen Sie, was ich glaube?", fragte ihn der Professor, der neben ihm kauerte und die Ziegen mit beiden Händen von sich fern hielt.

"Nein?"

"Vamco hatte nie die Absicht, uns nach Saqqara zu führen. Dieser hinterhältige Beduine hat uns absichtlich hinters Licht, vulgo quer durch die Sahara beinahe ins Nirvana geführt, um sich unser Geld ganz legal unter den Nagel reißen zu können."

"Sie werden es nicht glauben, Professor, dieser naheliegende Gedanke hat soeben auch mein Gehirn durchzuckt, obwohl ich ihn eben zu verdrängen versuchte! So wie Sie die Meckerer von sich wegdrängen."

"Ach, was soll's, solche Erfahrungen sind es doch, die unser Leben mit Abenteuern bereichern! Eine Volksweisheit besagt, aus Schaden wird man klug. So sollten Sie es sehen, mein armer Freund!"

"Da Sie immer alles besser wissen, können Sie mir vielleicht sagen, ob wir je Aussicht haben unser Geld wiederzusehen?"

"Sie sollten besser derlei spitzfindige Anspielungen, diese argumentum ad hominem, unterlassen, mein Freund. Das steht Ihnen nicht. Wäre eher eine Aussage, die ich von der überaus entzückenden Thusnelda erwartet hätte."

14. Kapitel: **Gezählte Tage**

Endlich im Hotel angekommen, eilte Jonas zur Rezeption und verlangte seinen Zimmerschlüssel.

Der Portier sah ihn erstaunt an und erkundigte sich höflich: "Haben Sie einen schönen Tagesausflug unternommen?"

"So würde ich es nicht nennen, aber ja, ich war lang unterwegs."

"Übrigens, vermissen Sie etwas, Mr. Jericho?"

"Außer einem vierstelligen Betrag aus meinem Portemonnaie, den sich ein gefinkelter Nomade unter den Nagel gerissen hat, eigentlich nichts. Weshalb fragen Sie?"

"Weil ein Taschenkalender in der Lobby gefunden wurde, in dem der Name Jericho steht." Ohne weitere Diskussion händigte ihm der Portier den schwarzen Kalender aus, den er ganz automatisch entgegennahm.

"Danke!" Noch von der Tour de Force derangiert, steckte er den Taschenkalender einfach ein und orderte forsch: "Schicken Sie mir schnell eine Doppelportion Curryhuhn mit Reis und ein Glas Weiswein rauf!"

"Sehr gerne! Benötigen Sie die Hilfe unsres Hotelarztes?"

"Nein, ich erhole mich bald wieder." Schon eilte er auf sein Zimmer, wo er sofort eine kalte Dusche nahm, die er mit einer dringend nötigen Nassrasur kombinierte.

Kaum hatte ein Page das bestellte Essen geliefert, erhielt Jonas einen Anruf von Thusnelda auf dem altmodischen Zimmertelefon.

"Jonas, wo haben Sie sich

herumgetrieben?"

"Och, nur in der Gegend, wo sich Fuchs und Schlange zum Tanz verabreden." So unauffällig wie möglich mampfte er dabei hungrig sein Curryhuhn, wobei er sich seinen Bademantel bekleckerte.

"Apropos Tanz! Ich war enttäuscht, dass Sie nicht auf unsrer abendlichen Feier einen Walzer mit mir tanzten."

"Die Kunst des Lebens besteht mehr im Ringen als im Tanzen, sagte schon Marc Aurel, und ich bin sicher, Sie mussten nicht allein zwischen all Ihren Landsleuten um mich trauern."

"Nein, das nicht. Dann wünsch ich noch guten Appetit", sagte sie leicht pikiert, bevor sie auflegte.

Nach ihrem Anruf trank er das Glas Weißwein, lud sein Smartphone auf und blätterte den erbeuteten Taschenkalender durch, dessen spontane Annahme er wohl seinem stets aktiven journalistischen Impuls verdankte, welcher ihn immer auf der

Suche nach einer guten Story antrieb. Gleich auf der ersten Seite stand sein Name in gestochen scharfer Schrift, allerdings in einem poetischen Zusammenhang:

Willst du die Mauern von JERICHO umschleichen, dann bringe Getöse mit, den sobald du musst das Ziel erreichen, landest du mit Lärm den Hit!

Seltsam, dachte er sich, da dichtet einer und für den morgigen Tag hat er eine Verabredung mit dem Direktor des Museums. In welchem Zusammenhang? Bestimmt nicht zum Gedichtvortrag! Und dann hat der Mann oder die Frau noch die Tage am Ende des Monats zusammen gezählt, jedes Monat hat bisher eine bestimmte Summe von Tagen. Einige Monate haben 15 Tage als Summe, andere nur zehn, warum, zermarterte er sich das Gehirn.

Nochmals blätterte er den Kalender durch und fand heraus, dass die in jedem Monat gezählten Tage mit rotem Stift eingeringelt waren und immer ein Treffen mit jemandem anzeigten, sowie eine Geldsumme. Handelte es sich dabei nur um ein Geschäftstreffen oder ein intimes Rendezvous gegen Bezahlung?

Gesättigt zog er seinen beigen Sommeranzug an und beschloss, sich wieder unter das englische Hotelvolk zu mischen.

Nach dieser austrocknenden Wüstenerfahrung fühlte sich die durch die Klimaanlage gefilterte Luft im Hotel wie Sekt auf der Haut an. Gierig sog er sie ein und bestellte sich im Speisesaal ein großes Mineralwasser, das er wie ein Verdurstender austrank.

In einiger Entfernung erblickte er Lady Ecclesthorpe. Vor ihr ein Glas Rotwein, in ihr scheinbar große Erwartungen. Sie blickte immer wieder angespannt zum Eingang, als käme dort der lang ersehnte Liebhaber herein. Und tatsächlich stolzierte ein beleibter Herr in einem schneeweißen Anzug herein, eilte auf sie zu und küsste sie auf beide

Wangen, ehe er Platz nahm. Eine scheinbar hektische Diskussion mit Gesten und Geflüster nahm ihren Lauf.

Leider konnte Jonas nichts von dem verstehen, was der Herr auf die Lady einredete. Es schien etwas Geheimnisvolles zu sein, denn hin und wieder äugte er herum, so als vermute er einen oder mehrere unerwünschte Zuhörer. Jonas wünschte sich, er hätte ein technisches Hilfsmittel, um die gesamte Unterhaltung mitverfolgen zu können. Leider wäre ihm die Technik nicht hilfreich gewesen, selbst wenn er sie gehabt hätte, denn auf einmal tauchte Thusnelda lächelnd auf, setzte sich jedoch todernst zu ihm. Ihr Lächeln war das schönste, das er seit längerer Zeit gesehen hatte und er bedauerte, dass es plötzlich verschwand.

"Wo sind Sie denn so lange gewesen?" Es klang wie der Vorwurf einer versetzten Liebhaberin oder gar Ehefrau. "Am Telefon waren Sie ja nicht gerade auskunftsfreudig."

"Äh, also wenn ich Ihnen das alles erzähle, dann glauben Sie mir sicher kein Wort davon. Es war einfach zu kafkaesk!"

"Hm, dieser Ausdruck erspart Leuten, die ihn gebrauchen, die Mühe, selbst eine passende Formulierung zu finden."

"Immerhin, ich habe zuletzt sogar von Ihnen geträumt, sie erzählten mir im Traum etwas von der Hässlichkeit Ihrer Lehrerin, wenn ich mich recht erinnere, die war so hässlich, dass die Vögel sie immer nur mit einem Flügel überflogen. Mit dem anderen hielten sie sich die Augen zu"

Nun war es wieder da, dieses bezaubernde Lächeln.

"Haha, ja, so eine Lehrerin hatte ich tatsächlich in dem Internat, in das mich meine Eltern geschickt haben. Auch einige Mitschülerinnen entsprechen dieser Beschreibung."

Der Kellner kam und fragte sie nach ihren Wünschen, worauf beide Tee bestellten. Nach dem Abgang des Kellners riskierte Jonas wieder einen Blick zu Lady Ecclesthorpe.

"Was finden Sie an der Lady denn so interessant", erkundigte sich Thusnelda leicht beleidigt, weil er ihr nicht seine ungeteilte Aufmerksamkeit widmete.

"Oh, ich wundere mich nur über ihre zur Schau gestellten Gefühle, die Dame sieht ja ganz aufgeregt aus."

"Wahrscheinlich hat sie eine heiße Affäre mit dem dicken Mann, der sie gerade beendet", meinte Thusnelda ohne dabei hinzusehen.

"Das ist durchaus möglich."

Die reizende Thusnelda erzählte dann von dem romantischen Abend mit Mr. Johns, um ihn eifersüchtig zu machen, doch Jonas nickte immer nur wohlwollend. Beide nippten an ihren Teetassen und schwiegen eine Weile. Lady Ecclesthorpe war inzwischen mit ihrem Begleiter verschwunden. Es war Jonas nur entgangen, ob sie gemeinsam oder getrennt das Weite gesucht hatten.

Während er sich den warmen Tee durch die Kehle rinnen ließ, kehrten seine Gedanken zurück zu Vamco. Irgendwie wurde er das Gefühl nicht los, dass von dem so unauffälligen Kerl eine Gefahr ausging und er ihm wieder begegnen werde. Womöglich mit seinem erbeuteten Mini-Roboter, den er vielleicht schon repariert zum Verkauf bereit hielt oder zu einem Killer-Roboter umarbeiten ließ. Thusnelda Thornhill saß noch immer in seiner unmittelbaren Nähe vor ihrer mitgebrachten Zeitung, in der sie scheinbar interessiert las, und als sie kurz davon aufblickte, begann er ein ganz zwangloses Gespräch mit ihr.

"Gibt's sonst etwas Neues, Miss Thornhill?"

"Nur einige Gerüchte", sagte sie mit ihrer hohen Stimme, die fast immer ein wenig schnippisch klang. "Die üblichen paranoiden Geschichten, dass graue Aliens hier eine Landestation haben und mit der Regierung, dem Papst, der NASA und den Triaden zusammenarbeiten."

"Wie originell."

Sie ließ einen tiefen Atemzug folgen. "Ich bin eigentlich immer noch im Selbstfindungsprozess, denn es werden so viele hohe Anforderungen an mich gestellt, dass ich in meiner persönlichen Entwicklung zu kurz komme. Was muss man Ihrer Meinung nach in unserem Beruf beachten?"

"Die Regeln eines Journalisten: Prüfe erst das WER, WIE, WO, WANN und WARUM, publiziere später! Höre immer auch die andere Seite! Lerne das Zögern! Analysiere deine Quellen! Mache ein Ereignis nicht größer, als es ist, und orientiere dich an Relevanz und Proportionalität", betete er ihr vor.

"Sagen Sie, Jonas, was halten Sie eigentlich für die ärgsten Nachteile am Journalisten-Beruf?" Aufmerksam blickte sie ihm geradewegs in die Augen, um die Antwort besser einschätzen zu können. Manche logen ja, wenn es um ihre berufliche Integrität ging. Irgendwie schien sie sich bei der Wahl ihres Broterwerbs nicht sicher zu sein und sogar schon einen Wechsel in eine andere Sparte zu überlegen.

"Nun ja", überlegte Jonas kurz. "Vor allem, dass ein Journalist heutzutage oft im Prekariat lebt. Viele Anfänger erhalten nur noch Verträge als freie Mitarbeiter, oder müssen überhaupt für Gottes Lohn als Praktikanten arbeiten."

"Och, finanziell habe ich dank meiner Familie keine Sorgen", wiegelte sie schnell ab.

Das hätte ich mir denken können, dachte Jonas und fuhr fort: "Und oft ist man als Reporter meist immer nur am Rande des Geschehens, obwohl ich leider auch schon mittendrin gewesen bin, was nicht ohne Gefahr ablief."

"Oh, die Gefahr sehe ich eher als angenehmen Nervenkitzel."

"Miss Thornhill, ich glaube, Sie unterschätzen den Ernst der Lage, in welche man durch seine intensiven Recherchen kommen kann", rügte er sie. "Wenn man in eine Bredouille reingeraten ist, dann kommt nicht immer ein Retter daher oder ein glücklicher Zufall. Da muss man schon sportlich sein und so schnell wie möglich die Beine in die Hand nehmen und die Flucht ergreifen."

"Haha, wissen Sie, was mir dazu einfällt?"

"Nein, ich kann leider die Gedanken in Ihrem hübschen Köpfchen nicht lesen", bekannte er.

"Laut einer aktuellen Studie leben Menschen, die viel lesen, länger. Sie haben dann einfach weniger Zeit für Sportunfälle."

"Und? Lesen Sie viel, Miss Thornhill?"

"Oh nein, der Professor naht schon wieder. Bevor ich zum Natriumchloridpfeiler erstarre, oder volkstümlich ausgedrückt, zur

Salzsäule, verflüchtige ich mich schnell!", kündigte sie an und verschwand eilends, ohne seine Frage beantwortet zu haben.

Jonas konnte sich des Gefühls nicht erwehren, dass ihr seine kleine Zurechtweisung nicht gefallen hat, und dass sie deswegen so schnell geflüchtet war.

"Nanu", bemerkte der Professor, der sich von der Wüstentortur sichtlich gut erholt hatte und einen dunklen Anzug trug. "Immer, wenn ich auftauche, subtrahiert sich die entzückende junge Dame."

"Ist es Ihnen auch schon aufgefallen?", fragte Jonas provokant. "Ihr ganzes Erscheinungsbild ist auch eher einschüchternd, und dann noch Ihr allumfassendes Wissen. Damit kommen viele Leute einfach nicht zurecht."

"Tja, vor allem jene, die supranasal subilluminiert sind, aber ich kann mich wegen der Akzeptanz bei jungen Damen nicht kleiner und dümmer stellen", verteidigte er sich und setzte sich auf den eben freigewordenen Platz. "Aber eine Hoffnung bleibt: Altern ist ein Start in bewusstseinserweiternde Erfahrungen, wenn sie mal älter wird, kann sie eventuell verstehen, was ich proklamiere."

"Herr Professor, Sie sollten die Fremdworte nicht so inflationär nutzen und die Wortwahl Ihren Zuhörern anpassen, sich also eher volkstümlicher ausdrücken", riet ihm Jonas flapsig.

Nach einem tiefen Atemzug erklärte Penrose: "Ich bin gern bereit auf Minderintellektuelle Rücksicht zu nehmen, doch nicht, meinen allumfassenden Wortschatz einzuschränken."

"Dann müssen Sie inkauf nehmen, nicht verstanden zu werden!"

Penrose nickte müde. "Jaja, es stellt sich mir oft eine Wand des Unwissens und der Ignoranz entgegen. Ein Mann wie ich ist leider allzu oft auf den Willen des Gegenübers angewiesen, Sachverstand zu erwerben."

"Ich fürchte, Sie müssen wohl oder übel Ihr intellektuelles Niveau ein wenig senken, um vom niederen Volk verstanden zu werden", erklärte ihm Jonas nicht ohne ein Augenzwinkern.

"Ich werde Ihnen etwas verraten: Jedes Lebewesen strebt nach energetischer Unabhängigkeit. Ich habe sie mehr oder weniger erreicht, indem ich auch von meinen Zeitgenossen unverstanden leben kann."

"Aber ärgern tut Sie es trotzdem, wenn die Zeitgenossen fragend vor Ihnen stehen oder lieber gleich die Flucht ergreifen."

"Nein, eher amüsiert es mich!"

"Dann lachen Sie eine Runde ohne mich, ich ziehe mich in mein Gemach zurück!"

Auf seinem Zimmer erwartete Jonas schon seine Freundin aus

dem Geisterreich.

"Ich habe mir den Kalender hier angesehen", verkündete sie und deutete darauf.

"Ja, jemand hat ihn verloren und der Rezeptionist gab ihn mir, weil mein Name drinstand."

"Wie passend, dass Sie so wie die biblische Stadt heißen", bemerkte sie.

"Was meinen Sie, Mrs. Christie, hat den Kalender ein Mann oder eine Frau verloren? Mir gelang es nicht, die Schrift einem Geschlecht zuzuordnen. Die Unterscheidung, ob es sich um geschäftliche Treffen eines Mannes oder bezahlte Rendezvous einer leichten Dame handelt, lässt sich auch nicht aus den Namen erschließen."

"Die Schrift ist nicht entscheidend für bezahlte Rendezvous, aber die Verteilung derselben. Sehen Sie, Frauen haben gewisse Tage, an denen sie sich bestimmt nicht mit Männern zu gewissen erotischen

Treffen verabreden würden. Wenn ich mir nun die Verteilung ansehe, lässt sich keine Woche finden, in welcher eine Pause zu ersehen ist."

"Genial! Darauf wäre ich nicht gekommen."

"Weil Sie solche Probleme niemals persönlich hatten."

"Nein, nur meine Ex-Freundinnen hatten manchmal das prämenstruelle Syndrom, mit dem sie mich zum Wahnsinn trieben. Das dauerte auch oft eine Woche! Geschlagene zwei Wochen waren die Damen dann nicht ansprechbar. Dann wundert sich so eine, dass man der Versuchung eines Seitensprungs erliegt."

Dafür erhielt er einen strafenden Blick von Agatha.

"Tschuldigung, aber ich bin auch nur ein Mann."

"Um wieder zum Kalender zurückzukehren, die Treffen können natürlich auch von einer Frau geschäftlich genutzt worden sein.

Womöglich, um die Personen zu erpressen."

"Das nenn ich ein einträgliches Geschäft! Dann gehörte der Kalender womöglich einem Mordopfer?"

"Durchaus möglich!"

"Übrigens, hatten Sie ein Auge auf Nadim Ben Ali Azir?"

"Sogar zwei Augen. Ich sah ihn beim konspirativen Treffen mit einem Verdächtigen, einem großen blonden Engländer, doch als dieser mit ihm sprechen wollte, da deutete er ihm an zu schweigen, so als habe er mich entdeckt, was unmöglich ist."

"Wer weiß, eventuell hat er einen sechsten Sinn für Geister."

"Jedenfalls entfernte er sich und hob sein Mobiltelefon, ohne dass die heutige Generation ja nicht mehr auskommt, an sein Ohr."

"Und haben Sie ihn abhören können?" Schon rieb sich Jonas die Hände in Erwartung einer Auflösung.

"Leider nein, denn er entschied sich anders und tippte wie verrückt auf das neumodische Gerät - soweit ich erfahren habe, nennt man das texten - und schrieb dem Engländer die Nachricht, anstatt ihn einfach anzurufen."

"Und konnten Sie diese Nachricht lesen?"

"Das war mir nicht möglich. Er verwendete teils Symbole und Abkürzungen. Ich konnte nur das Wort Sabrali lesen. Sagt Ihnen das etwas?"

"Sabrali ist der Name von Belosis Chef, dem Chefredakteur, dem ich wenig erfolgreich einen Besuch abgestattet habe. Ein unfreundlicher Mensch!"

"Nach diesem Wort tippte er ein Symbol ein, einen Totenkopf."

"Das könnte bedeuten, dass der Blonde Sabrali töten soll, aber warum?"

"Es ist doch möglich, dass Belosi Sabrali vor seinem Tod noch eine

Nachricht zukommen ließ, die diesen nun ihn große Gefahr bringt."

"Das könnte sein! Wann hat Azir den Engländer getroffen?"

"Er traf sich mit ihm gestern und wenn Sie sich beeilen, dann können Sie Sabrali eventuell warnen."

Wie der Blitz kleidete sich Jonas in seinen dunklen Anzug, passend zu einer Beerdigung, und flitzte per Taxi zu der betreffenden Zeitungsredaktion, die er bereits kannte.

Sabrali saß hinter seinem Schreibtisch, auf dem sich eine Tasse Kaffee und ein Stück halb aufgegessener Kuchen auf einem Teller befanden, und sah überrascht mit der Kuchengabel in der Hand zu seinem Besucher. Einige Krümel verunzierten sein Hemd, es schien sich um einen Vanillekuchen zu handeln.

"Sie schon wieder?", fragte er mit vollem Mund wenig erfreut.

"Gott sei Dank, Sie leben noch!"

"Eine seltsame Begrüßung. Warum sollte ich nicht mehr leben?"

"Weil offenbar Nadim Ben Ali Azir Ihren Tod plant!"

"Ach, wie kommen Sie denn darauf?"

"Eine gute Freundin hat es mir verraten, doch wir haben keine handfesten Beweise."

"Und Sie wollen jetzt nachsehen, ob er Erfolg hatte?" Mit der freien Hand fuhr er sich über die Augen, um sich den Schweiß, der ihm von der Stirne hineintropfte, abzuwischen. Nachher zwinkerte er einige Male und atmete hörbar aus, was sogar das Surren des Ventilators übertönte.

"Ich wollte Sie warnen!" Nervös ging Jonas zum Fenster und ließ die Jalousie herunter. "Vielleicht zielt er schon mit einem Gewehr auf Sie, wie ein Scharfschütze."

"Sie lesen zu viele Schundromane!" Sabrali aß weiter und hustete kurz. "Köch- und außerdem wäre es sehr dumm von Nadim Azir, mich zu töten."

"Wieso? Stehen Sie in seinem Sold?"

Unvermittelt ließ er die Kuchengabel fallen, welche klappernd auf dem Teller landete. Von dem Kuchen befanden sich nur noch einige gelbe Krümel darauf.

"Ich verbitte mir solche Unterstellungen!", herrschte er ihn an, wobei ihm die Augen leicht aus den Höhlen traten. Wieder wischte er sich mit einer Hand darüber und atmete erneut hörbar aus, wobei er wieder einige Male zwinkerte.

"Ist Ihnen nicht wohl?", erkundigte sich Jonas besorgt.

"Nein, seit gestern fühle ich mich nicht besonders und meine Augen..." Er atmete schwer, so als wäre er eben 100 Meter im Rekordtempo gelaufen.

"Brauchen Sie einen Arzt?"

"Ich glaube, ich..." Unvollendet

ließ er den Satz im Raum stehen, ehe er langsam von seinem Sessel zu Boden sank.

"Sabrali?" Rasch beugte sich Jonas zu ihm, erkannte, dass die Lage ernst war. "HILFE!"

Ein Mann kam herein und fragte etwas auf Arabisch.

"HOSPITAL!", schrie ihm Jonas zu und horchte an Sabralis Brustkorb nach Vitalzeichen.

Der Mann kniete sich neben Sabrali, sah ihm ins Gesicht und sagte dann auf Englisch: "Er ist tot!"

"Ich kam zu spät! Rufen Sie die Polizei!"

Wie der Zufall wollte, kam als einer der beiden gerufenen Polizisten Al Hamdi und wunderte sich, Jonas neben dem toten Sabrali zu finden.

"Was wollten Sie denn von ihm?"

"Ihn warnen! Ich hatte berechtigte Angst um sein Leben, weil er doch Belosis Chef ist", begründete Jonas seine Anwesenheit, da er natürlich wusste, dass Al Hamdi seine Story vom Geist der Agatha Christie, die Azir ausspioniert hatte, nie und nimmer glauben würde. Selbst wenn er sie glaubte, wäre Azir für ihn sakrosankt.

Al Hamdi sah sich den Toten an und nahm dann dessen Schreibtisch in Augenschein, beugte sich zu dem leeren Teller und roch daran.

Nun dämmerte es auch Jonas: "Er ist mit diesem Kuchen vergiftet worden! Mit dem Kuchen, den er genau vor meinen Augen gegessen hat."

"Das denke ich ebenfalls. Hoffen wir, dass das Gift im Körper noch nachweisbar ist, denn die kärglichen Reste davon auf dem Teller reichen vielleicht nicht für einen Nachweis."

"Halten Sie mich auf dem Laufenden? Ich höre mich im Hotel um und teile Ihnen dann meine Erkenntnisse mit."

"Sie denken, dass Sie in Ihrem

Hotel Erkenntnisse über den Mord an ihm erhalten?"

"Natürlich, Belosi wohnte doch auch dort! Es muss einen Zusammenhang geben", bestand Jonas auf seinem Verdacht, teilte ihm jedoch nichts von dem blonden Engländer mit. Er hielt es für vorteilhaft, wenn er nicht alles von seinem Wissen preisgab.

"Na gut, ich melde mich dann bei Ihnen", versprach ihm Al Hamdi. "Ein Redakteur erzählte mir, Sie seien schon einmal hier gewesen. Hatten Sie Streit mit Mr. Sabrali?"

"Nein, natürlich nicht, wir unterhielten uns über das Verschwinden von Ibrahim Belosi. Es besorgte ihn sichtlich gar nicht, dass sein Mitarbeiter verschwunden war."

"Sie können jetzt gehen!"

Wortlos verließ Jonas in gedämpfter Stimmung das kleine Redaktionsbüro, in das der Tod Einzug gehalten hatte.

15. Kapitel: **Der Todesengel**

Kaum war Jonas in seinem Zimmer angekommen, klopfte es leise an seiner Tür. In Erwartung der Polizei, genauer Al Hamdi, öffnete er und sah Thusnelda vor sich stehen.

"Hallo, Sie Schlimmer. Sie vernachlässigen mich! Wollen wir etwas gemeinsam unternehmen, oder haben Sie etwa eine Verabredung?"

"Verabredung?" Bei dem Begriff klingelte es bei Jonas. "Ja, natürlich, die Verabredung mit dem Direktor vom Museum. Steht groß und dick in meinem Kalender. Ich hätte sie fast vergessen. Vielen Dank, dass Sie mich daran erinnern!" Schnell zog er die Tür hinter sich zu und eilte an Thusneldas Seite die Stufen runter.

"Darf ich mitgehen? Ich habe nämlich sonst nichts anderes vor", flötete sie. Heute trug sie ein veilchenfarbenes Kleid und ebensolche Sandalen. Um ihre Taillie hing an einer Kette eine beige Bauchtasche.

"Auf eigene Gefahr, ich bin mir

nicht sicher, was mich im Museum erwartet."

Im Taxi plauderte die aufgeweckte Thusnelda wie aufgezogen. "Niemand hat Zeit. Wie auch? Zeit ist schließlich kein Gegenstand und keine Dienstleistung. Zeit nimmt man sich für die Dinge, die man tun und erleben möchte. Zeit kann man auch nicht einfach verschwenden, sie ist ja schließlich nur der Unterschied zwischen vorher und nachher."

Wie sie so Belanglosigkeiten daherplapperte, dachte er sich, dass sie wohl nicht einmal bewusst wahrnahm, was sie gerade zwischen den hastig herausgepressten Silben eigentlich sagen wollte. Eventuell, dass sie oft gelangweilt nach Abwechslung suchte.

Beim Museum stiegen sie aus und Jonas bezahlte wieder den horrenden Eintrittspreis für sich und Thusnelda. Da er ja schon wusste, wo sich Hal El Garims Büro befand, steuerte er mit seiner nun verstummten Begleiterin einfach dorthin.

"Hätten wir unsere Tour durch das Museum nicht langsam angehen können. Was wollen wir denn hier vor dem Büro?", fragte Thusnelda ungeduldig.

Diese Frau eignet sich nicht als Kollegin in einer wichtigen Ermittlungsangelegenheit, dachte sich Jonas und klopfte an die Tür. "Ich habe den Direktor schon kennengelernt und muss unbedingt wissen, wen er ursprünglich treffen wollte."

"Ursprünglich? Na Sie, nehm ich an."

"Nein, Thusnelda, es ist so, dass er eigentlich mit jemand ganz anderem verabredet ist. Durch Zufall erfuhr ich davon und möchte nun wissen, mit wem, verstehen Sie?"

"Ich denke schon. Aber er scheint nicht anwesend zu sein."

Entschlossen drückte Jonas die Türklinke herunter und trat ein. Das Büro schien verlassen zu sein, doch als er mit Thusnelda nähertrat, offenbarte sich ein schrecklicher Anblick. Hinter dem wuchtigen Schreibtisch von El Garim lag Tahiri. Der Direktor des Pharao Inns lag ohne seinen Fes offenbar mit einem Kopfschuss tot vor ihnen in einer langsam immer größer werdenden Blutlache. Ein spitzer Schrei von Thusnelda erschreckte Jonas, der sie sogleich schützend in seine Arme nahm.

"Das darf doch alles nicht wahr sein! Das ist der zweite Tote, den ich heute sehe! Wir müssen die Polizei rufen!"

"Ich will hier sofort raus!" Panik zeichnete sich auf ihrem hübschen Gesicht ab.

"Bitte beruhigen Sie sich, meine Liebe! Wir können nicht einfach flüchten, ohne uns verdächtig zu machen!"

Das verstand sie dann doch und blieb schniefend weit von der Leiche entfernt in dem geräumigen Büro stehen, während Jonas telefonierte.

Mit einfachen Worten verlangte er den Einsatz von Offizier Al Hamdi, mit dem Zusatz: "Der kennt mich schon!"

Al Hamdi stellte sich wieder einmal als zuverlässiger Beamter heraus, welcher auch nach nur wenigen Minuten eintraf.

"Sie scheinen mir so etwas wie ein Todesengel zu sein", meinte er und inspizierte Tahiris Leichnam. "Er ist sogar noch warm und wurde eindeutig erschossen, so viel ist sicher."

"Bestimmt mit Schalldämpfer. Ohne Schalldämpfer hätte jemand etwas hören müssen", sagte Jonas.

"Machen Sie Witze?", fragte ihn Al Hamdi. "Bei uns ist es immer so laut, dass man schon eine Bombe zünden müsste, um Aufmerksamkeit zu erregen."

Tatsächlich bildete die draußen herrschende Geräuschkulisse aus Geschrei, Motorenlärm und orientalischer Musik eine nicht unbeträchtliche Schwierigkeit bei der Lösung dieses Mordfalles. Es würde sicher kein Anwesender den exakten Zeitpunkt eines Schusses bekanntgeben und auch keinen flüchtigen Täter beschreiben können. Vor allem, weil die vielen prächtigen Ausstellungsstücke die Aufmerksamkeit der Besucher in Anspruch nahm.

"Wissen Sie, wo Mr. El Garim ist?", fragte Jonas.

"Er ist laut dem Portier ein Grab besichtigen gefahren."

"Und wann hat er das Museum verlassen?"

"Wie kommt es eigentlich, dass Sie immer dann auftauchen, wenn ein Mensch stirbt?", wollte Al Hamdi von ihm wissen, ohne seine Frage zu beachten.

"Seit ich von Belosis Verschwinden gehört habe, und vor allem von Lady Ecclesthorpe, dass jemand ermordet worden sein soll, recherchiere ich, um die Wahrheit zu finden."

"Die Wahrheit!" Al Hamdi grinste kurz. "Bei uns gibt es ein Sprichwort: Wer die Wahrhat sagt, der braucht ein schnelles Pferd! Hatten Sie eine Verabredung mit Mr. El Garim?"

"Nein, ich bin in den Besitz eines Kalenders gelangt, in welchem jemand eine Verabredung mit ihm eingetragen hatte. Ich wollte wissen, wer es ist und bin gerade leider ein wenig zu spät gekommen, ihn beim Mord zu erwischen."

"Es war wohl mehr Ihr Glück, erst später gekommen zu sein, sonst wären Sie sicher die zweite Leiche."

"Eigentlich schon die insgesamt vierte Leiche", zählte Jonas an den Fingern ab. "Zuerst Belosi, dann Sabrali und nun Tahiri. Der Zusammenhang zwischen allen ist, dass sie alle aus Ägypten stammen."

"Und das zwei davon im Dienste der Zeitung standen", vervollständigte Al Hamdi.

"Hat Tahiri eigentlich noch den

Dolch bei sich, den seine Sekretärin erwähnt hat?"

Eine genauere Untersuchung ergab tatsächlich, dass der Tote noch im Besitz seiner Waffe war.

"Sie hat ihm nichts genützt", sagte Al Hamdi.

"Aber es lässt sich vielleicht feststellen, ob an der Klinge Belosis Blutspuren zu finden sind."

Anerkennend stellte Al Hamdi fest: "Sie haben das Zeug zu einem Polizisten."

"Ich möchte bitte gehen", brachte sich Thusnelda mit piepsiger Stimme in Erinnerung. Ihr ohnehin weißes Antlitz glich einer mit feuchtem Kalk bestrichenen Haut.

Al Hamdi nickte Jonas zu. "Sie dürfen die junge Lady ins Hotel bringen. Wenn ich noch Informationen brauche, suche ich Sie dort auf."

Beim Griff nach ihrer Hand spürte Jonas ihre Aufregung, denn sie zitterte wie sprichwörtliches Espenlaub, wenn nicht noch mehr.

"Meine Nerven sind für so etwas nicht geeignet", wisperte sie.

"Ich fürchte, Sie müssen sich einen anderen Beruf suchen, Thusnelda."

"Aber ich wollte doch nie Polizeireporterin werden. Schon eher Gesellschaftsreporterin", schniefte sie.

Im Taxi kam sie langsam wieder zur Ruhe.

"Es tut mir leid, dass ich Sie da hineingezogen habe, aber ich konnte doch nicht wissen, was uns im Büro von El Garim an blutigem Grauen erwartet."

"Mein Leben hat es bisher noch nicht zugelassen, solche Abenteuer zu erleben."

"Heißt das, Sie sehnen sich wieder nach der Langeweile in Ihrer Heimat?"

Nun erwachten all ihre

Lebensgeister wieder. "In meiner Heimat ist es doch nicht langweilig. Dort geschehen auch genug Morde, allerdings nicht in meinem Beisein!"

Nachdem er sie auf ihr Zimmer gebracht hatte, kehrte Jonas in sein eigenes zurück und wurde bereits erwartet. Agatha schien alles mitbekommen zu haben, denn sie empfing ihn sofort mit einem Vorwurf.

"Es war falsch von Ihnen, zu einer solchen Verabredung eine unbeteiligte junge Frau, die noch dazu derart mimosenhaft ist, mitzunehmen."

"Das wurde mir auch gerade eben klar. Fassen wir noch einmal zusammen, wie Tahiri in die Mordsache reinrutschte", schlug er vor. "Es begann damit, dass er mir Belosis Zimmer zeigte und einige seiner Notizen übersetzt hat. Und dann war er auf einmal unauffindbar. Bis heute."

"Mr. Tahiri hat Ihnen bestimmt nicht alles übersetzt. Sie hätten den Text sicherheitshalber abfotografieren sollen", rügte sie ihn.

"Da haben Sie leider recht", gab er zerknirscht zu. "Ach, ich wünschte, ich könnte die Zeit zurückdrehen!"

"Wir müssen unser Leben vorwärts denken", riet sie ihm in einem milden Ton. "Was, denken Sie wohl, ist nun als nächster Schritt zu tun?"

"Ich denke, ich sollte mich nach dem großen blonden Engländer umsehen, dem Azir den Mordauftrag an Sabrali gab, denn der hat womöglich auch Tahiri auf dem Gewissen!"

"Nicht unbedingt. Bedenken Sie, dass er zwei unterschiedliche Waffen verwendete: Gift aus einer Pflanze oder dem Labor und Blei aus einer Schußwaffe!"

"Pflanzengift!" Mit einer Hand schlug sich Jonas auf die Stirne. "Wissen Sie, was mir Cynthia über eine gewisse Giftpflanze im Park erzählt hat?" Auf Agathas

Kopfschütteln fuhr er fort: "Das Gift der Kolo-, wie heißt die Blume nochmal?" Nachdenklich kratzte er sich am Hinterkopf.

"Koloquinte?"

"Genau! Deren kleine kürbisähnliche Beerenfrüchte weisen die höchste Giftmenge auf. Die Inhaltsstoffe reizen den Darm und führen zu Krämpfen, Schwindel und starken Sehstörungen. Und Sabrali hat mit den Augen gezwinkert, so als sehe er schlecht, ehe er vor mir starb."

"Dann haben wir die Mordwaffe in einem Fall, doch das bedeutet nicht, dass derselbe Täter nun zu einer anderen Waffe griff."

"Dann haben wir es mit mindestens zwei Mördern zu tun", folgerte Jonas.

"Wenn wir den Mord an Belosi dazuzählen, der durch eine Klinge starb, womöglich sogar mit dreien!"

"Was denken Sie, Mrs. Christie, kann ich Cynthia, die bereits weitergezogen ist, als Mörderin ausschließen?"

"Ja, ich denke schon, denn sonst hätte sie Ihnen nicht so bereitwillig über eine Giftpflanze Auskunft erteilt."

"Puh!" Ihm fiel förmlich ein ganzes Bergwerk vom Herzen, denn es hätte ihm unendlich leid getan, die zauberhafte Cynthia Al Hamdi ans Messer zu liefern. Obwohl er sich auch in die süße Lady Thornhill verliebt hatte, doch er fühlte sich mehr zu der blonden Weltenbummlerin hingezogen. Um sich abzulenken sagte er: "Hier spielen sich so verworrene Fälle ab, wie das in Ihren Krimis immer der Fall war."

"Was meinen Sie mit verworren?" Ihre Physiognomie schrumpfte sichtlich in das Gesicht eines bösen Gnoms.

"Äh, ich meinte so raffiniert geplante Morde in obskur gestalteten Kriminalfällen, wo man das Motiv erst nach und nach errät und den Mörder nie leicht findet..."

Nun entspannten sich ihre Züge wieder und nahmen jene einer gütigen alten Dame an. "Jaja, das kann nicht jeder. Aber noch haben wir keinen Beweis. Der Mörder kann es auch nur so verworren aussehen lassen und spinnt weiter seine Fäden, die sich erst in kommenden Morden entwirren lassen."

"Von denen wir hoffentlich noch den einen oder anderen verhindern können", hoffte Jonas bangend, im Hinterkopf die Angst, er könnte das nächste Mordopfer sein.

Agatha riss ihn aus seinen Gedanken, regte an, Lady Ecclesthorpe hätte womöglich nicht gelogen, sondern wirklich etwas über den Mord gewusst, jedoch nichts davon preisgeben wollen: "Außerdem müsste die Lady über Pflanzen und deren Giftigkeit bescheid wissen, wenn sie schon einen ersten Preis in einem Gartenwettbewerb gewann."

"Ja, da haben Sie wieder einmal

einen begründeten Verdacht ausgesprochen."

"Was werden Sie nun tun?"

"Ich werde mich jetzt um den blonden Engländer kümmern. Es kann sich nur um Terence Trenton handeln. Wenn ich ihm nur sein Mobiltelefon stibitzen könnte, dann würde ich darin sicher diese verhängnisvolle Nachricht von Azir an ihn entdecken."

"Aber die hat er doch sicher schon gelöscht", gab Agatha zu bedenken.

"Wer weiß. Bei uns gab's einen Politiker, der sich hat reinlegen lassen und keinerlei Nachrichten auf seinem Handy gelöscht hat."

"Nun, es kann schon sein, dass er sich so sicher fühlt, es unterlassen zu haben, die Beweismittel zu vernichten. Vielleicht hat er sogar noch die Waffe bei sich, wenn er es war, der Tahiri getötet hat."

"Dann hätten wir ihn!" In Vorfreude rieb sich Jonas die Hände und lächelte.

"Doch Vorsicht, mein lieber Freund, Sie könnten leicht eine Kugel abbekommen."

Das Lächeln auf Jonas Lippen gefror augenblicklich. Sich vorzustellen, so wie Tahiri mit offenem Kopf langsam auszubluten, ließ ihm seinen roten Lebenssaft in den Adern stocken. Ein echter Held hätte die anbrechende Nacht zu Ermittlungen genutzt, doch er legte sich nach Agathas Verschwinden einfach in sein bequemes Hotelbett, um sich für den folgenden Tag gründlich auszuschlafen.

16. Kapitel: **Auf Mörderjagd**

Im Speisesaal setzte sich Jonas wieder in seinem Safari-Outfit zu Thusnelda, welche sich vom gestrigen Schock wieder erholt zu haben schien. Jedenfalls strahlte sie ihn an wie der junge Morgen. Mit dem neuen gelben Kleid schien sie sich auch ihre gute Laune wieder angelegt zu haben.

"Hallo Jonas! Ich habe Sie gestern bei unserem lustigen Abendprogramm vermisst."

"Oh, das wundert mich, dass Sie schon gestern wieder lustig sein konnten."

"Ja, das Leben geht weiter, egal was passiert, the Show must go on!"

"Das ist die richtige Einstellung", freute er sich. Seine gerührten Eier schmeckten dafür unerfreulich nach geschmolzenem Plastik, doch er ließ sich nichts anmerken. "Man muss den Dingen des Lebens nur ihre richtige Rangfolge zuordnen. Vor allem die Überflüssigkeiten muss man nach ganz hinten reihen."

"Den ersten Platz in der Rangfolge der Überflüssigkeiten bei meinem Aufenthalt hier im Hotel haben eindeutig die lästigen Annäherungsversuche gewisser Herren." Ihre goldbraunen Augen wanderten nach links, von wo sich bereits ein solcher Verehrer näherte.

Es war Trenton, dem der

penetrante Geruch seines Rasierwassers meterweit vorauseilte, ehe man noch seinen weißen Anzug wahrnemen konnte. Allerdings beherrschte Terence Trenton manchmal eine unumstößlich höfliche Art zu kommunizieren, die sich durch geschickte Wortgewandtheit auszeichnete.

"Ja, wen melden mir denn da meine wachen Augen? Die von jugendlicher Schönheit gezeichnete Lady Thusnelda", begrüßte er sie und nickte auch Jonas kurz zu. "Darf man stören oder ist hier gerade ein wichtiges Gespräch im Gange?"

"Nein, wir diskutieren nur über, ja worüber eigentlich?" Hilfesuchend sah sie zu Jonas, denn sie konnte ihm ja schlecht sagen, dass sie gerade über ihn gesprochen hatte.

"Über die Raffinesse der großartigen Schriftstellerin Agatha Christie beim Schreiben von Kriminalromanen", log er spontan.

Und siehe da, der affektierte Herr

kannte sie auch, denn kaum saß er vor ihnen schwärmte er los: "Oh ja! Ihre Romane kreisten um die Vielschichtigkeit des Todes und die Verlogenheit der Mörder, deren zahlreiche Facetten die Leser durchschauen mussten, um das Motiv dahinter zu erkennen."

Seine sonst schwülstigen Wortkaskaden, die seinen Lippen entkamen, mündeten in eine wahre Lobeshymne über die verstorbene Schriftstellerin. Dabei fiel Jonas in der rechten Tasche von Trentons Jacket dessen Mobiltelefon auf. Sogleich erinnerte er sich daran, dass darauf eventuell noch Azirs Nachricht schlummern könnte. Also ließ er wie zufällig seine Serviette fallen, bückte sich unter den Tisch und langte vorsichtig wie ein Taschendieb in Trentons Jacket, wo er sich das Handy griff und einsteckte. Mit der Serviette tauchte er wieder auf - Trenton hatte im Zuge seines Sermons nichts bemerkt - und entschuldigte sich kurz.

Aufgeregt lief er zur

Herrentoilette, um seine Beute dort in der nötigen Ruhe kontrollieren zu können. Die Toilettenkabine war sehr sauber und roch nach Desinfektionsmittel. Im Vergleich zu Trentons After Shave eine olfaktorische Erleichterung. Mit wenig Verwunderung fand er im Telefonregister ausschließlich weibliche Namen. Ja, dieser Don Juan hatte sogar Thusneldas Nummer neben der Bezeichnung Tussy gespeichert. Was man so alles erfuhr, wenn man ein fremdes Handy ausschnüffelte. Die Nachrichten bestanden aus puren Flirts, deren Sprache auch hin und wieder vulgär wurde.

'Hallo, meine Schöne, vermisse dich und deine wilden Schenkel!' - 'Gestern onanierte ich, wobei ich an dich dachte!' - 'Wann sehen wir uns wieder? Oh, dein verführerischer Körper & sein himmlischer Geruch fehlen mir wie die Augensterne!' - 'Die Frauen hier können dir nicht das Wasser reichen, meine Lippen werden feucht, wenn ich an dich denke. Wirst du auch feucht, wenn du an mich denkst?'

Fasziniert wollte er noch weiterlesen, um für sein eigenes Liebesleben etwas zu lernen, als neben ihm auf einmal Agatha erschien.

"Mrs. Christie, wirklich, das ist nicht der Ort, an dem Sie mir erscheinen sollten!"

"Aber ich bitte Sie, schließlich sind Sie ja nicht hier, um ihre Ausscheidungsorgane zu entleeren. Außerdem haben Sie dem falschen Blonden das Telefon gestohlen!"

"Ach, bei dem großen Blonden handelt es sich gar nicht um Terence Trenton?"

"Nein, wie ich eben gesehen habe. Übrigens ist der doch überhaupt nicht groß. Ich meinte einen regelrechten Hünen."

"Hm, ja, vom Sehen kenne ich einen, auf den diese Beschreibung passt, erinnere jedoch seinen Namen nicht."

"Die reizende Thusnelda kann Ihnen diesbezüglich sicher weiterhelfen."

"Danke, dann eile ich zurück an den Tisch, wo ich Trenton sein Telefon überreichen werde."

"Sagen Sie, Sie hätten es auf dem Weg zum Speisesaal gefunden."

"Mach ich, bis später!"

Trenton schäkerte noch immer mit Thusnelda und sah verblüfft zu Jonas, nachdem dieser ihm sein Telefon unter die Nase gehalten hatte.

"Ich fand Ihr Telefon auf dem Weg hierher, Sie müssen es wohl vorhin verloren haben."

"Ah, danke!" Schnell steckte er es wieder in seine Jackettasche ein. "Ist mir gar nicht aufgefallen. Also, dann werde ich mich verabschieden. Schönen Tag noch, Lady Thusnelda!"

"Ebenso!" Sie zog ihre Beine

hoch auf die brokatbezogene Sitzfläche, legte ihre Wange auf das Knie, schien einfach glücklich zu sein, dass er endlich fortgegangen war.

"Sagen Sie, Thusnelda, dieser große blonde Engländer..."

"Mr. Johns?"

"Genau! Wissen Sie zufällig, was der von Beruf ist?"

"Natürlich, er ist passionierter Kricketspieler. Ein Sport, der auf dem Kontinent so ganz unpopulär ist. Warum fragen Sie?"

"Nur so, ich glaubte, ihn von irgendwoher zu kennen."

"Diese Morde, die geschehen sind ..." Innerlich schien sie sich noch immer nicht vom Anblick des toten Tahiri befreit zu haben. "Werden Sie darüber eine Story in Ihrer Zeitung schreiben?"

Jonas überlegte und meinte dann: "In den USA sprechen Journalisten von 'Jumping the

Shark', wenn eine Story zu weit geht. Mittlerweile würde ich sagen 'Jumping the Orca'! Diese abenteuerliche Story mit drei Morden in kurzer Zeit wäre mehr etwas für ein Buch."

Abrupt stand sie auf. "Wollen wir in den Park gehen?"

"Den Wüstenpark? Aber gern!"

Zusammen mit Thusnelda schlenderte er dorthin, wo er mit Cynthia zuletzt gewesen war. Seine Mördersuche im Hinterkopf, einen Zeitdruck fühlend wie bei einer Deadline eines Artikels, hinter dem der Chefredakteur her ist, konnte Jonas nicht richtig entspannen, obwohl heute deutlich weniger Lärm im Park herrschte. "Kennen Sie diese Pflanze?"

Bei seinem Fingerzeig auf die Giftblume guckte Thusnelda ratlos drein. "Sollte ich?"

"Es handelt sich um eine giftige Pflanze und Frauen sollen ja eine gewissen Affinität zu Giften haben."

"Also ich benutze nicht einmal Insektenvernichtungsmittel in unserem Garten", ereiferte sie sich.

Wie es der Zufall wollte, wurde Jonas auf dem Weg mit Thusnelda durch den Park Ohrenzeuge eines Gespräches, das zwei Männer führten, die neben ihm - getrennt durch die hohe Backsteinmauer - über eine Frau sprachen. Eine der Stimmen konnte er einwandfrei als jene Nadim Azirs identifizieren.

"Hihi, eine der Stimmen gehört Mr. Johns, von dem wir vorhin sprachen", flüsterte Thusnelda erheitert.

"Pst, lauschen wir", flüsterte Jonas zurück.

"Ja, da stimme ich Ihnen vollkommen zu, diese Frau ist nicht sonderlich intelligent", sagte Azir, der sich Jonas gegenüber als Nachtmensch dargestellt hatte, ziemlich aufgeweckt.

"Das merkt wirklich jeder, der nicht auf ihren Charme reinfällt", sagte Johns. "So ist sie auch keine Gefahr für uns."

"Schon, aber sie hält sich für intelligent! Und das ist oft noch gefährlicher, als wenn eine Person tatsächlich über einen scharfen Verstand verfügt. Und bedenken Sie, dass-"

Nun wurde das Gespräch durch einen Einheimischen unterbrochen, der auf Arabisch redete. Offenbar forderte er die beiden Herren auf, seine Pferdekutsche zu besteigen, denn Jonas hörte Pferdegetrappel, das sich entfernte und vernahm keine Stimmen mehr. Merkwürdig, dachte er, wer war da zwischen Nadim Azir und dem blonden Mr. Johns als charmant und wenig intelligent im Gespräch? Und warum sollte diese Dame eine Gefahr sein, und vor allem, für wen???

"Wir sollten die beiden verfolgen", schlug Thusnelda vor.

"Nein, ICH sollte sie verfolgen, denn es könnte gefährlich werden", flüsterte Jonas immer noch und umarmte sie kurz. "Falls ich in einigen Stunden nicht zurück im Hotel bin, verständigen Sie bitte die Polizei!"

Leicht verwirrt sah sie ihm nach, sie schien sich nicht sicher zu sein, ob sie ihm nicht doch nachlaufen sollte, oder lieber sofort die Polizei verständigen.

Im Rekordtempo spurtete Jonas aus dem Park und hielt aus dem Fluss des regen Kairoer Verkehrs ein Taxi auf. Dem verdatterten Chauffeur erklärte er auf Englisch, dass er sofort unauffällig der Pferdekutsche folgen sollte. Was 'sofort' hieß, verstand der einheimische Chauffeur noch, doch was 'unauffällig' hieß, leider nicht. In viel zu kurzem Abstand folgte er dem Pferdewagen, in welchem sich Azir und Johns unterhielten.

Ach, ärgerte sich Jonas, James Bond hätte in so einem Fall sicher ein technisches Gadget zur Hand, mit dem er sich erstens unsichtbar machen kann und zweitens noch in klarem Ton das Gespräch mitverfolgen.

"Halten Sie an, ich steige aus!" In dem kniffligen Fall entschied sich Jonas lieber, die Verfolgung per Pedes fortzuführen, zahlte und lief hinter der Kutsche her. Nun zahlten sich seine Jogging-Runden aus, die er in Wien mindestens dreimal wöchentlich im Prater absolvierte, wobei er sich wie Dustin Hoffman in 'Der Marathon-Mann' fühlte.

Ob die mich auch foltern würden, wenn sie mich erwischen, fragte er sich, wobei er sofort etwas langsamer wurde. Die Aussicht, körperliche Pein zu erleiden, ließ ihn auf der Stelle erlahmen. In so einem Fall ist eine Geister-Freundin von Vorteil, dachte er sich insgeheim und nahm an, dass Agatha schon in der Kutsche mit den zwei verdächtigen Figuren weilte. Doch plötzlich hielt der Kutscher die Pferde an und Azir stieg mit Johns aus.

Beide standen noch einige Zeit vor einem Gebäude, in das Johns verschwand, während Azir von einer dunklen Limousine abgeholt wurde.

Während an Jonas diverse Wagen, Mopeds und andere Gefährte vorbeirauschten, bewegte er sich zügig auf das Gebäude zu. Schließlich stand er davor und las eine arabische Schrift auf einer Tafel, die an einem Mahagoniholz-Tor prangte. Hier wäre nun etwas an Fremdsprachenkenntnis des Orients vonnöten gewesen. In Ermangelung dessen holte Jonas den gefundenen Taschenkalender, den er zum Glück eingesteckt hatte, heraus und trug mit einem Kugelschreiber aus seiner Brusttasche die geschwungenen Zeichen auf ein freies Blatt. Dabei fiel sein Blick auf den heutigen Tag in dem Kalender, wo ein Eintrag stand: Ultimo.

Was kann das bedeuten, fragte er sich, heißt es Ultimo vulgo letzter Termin oder heißt die Firma Ultimo? Aber das kann mir sicher Al Hamdi übersetzen. Wieder winkte er sich ein Taxi herbei, dem er das Ziel einer Polizeistation nannte.

Dort angekommen wartete er auf den ihm sattsam bekannten Offizier, welcher nach einer halben Stunde mit dem Dienstwagen ankam.

"Haben Sie neue Hinweise gefunden?"

"Naja, es ist vielmehr ein Verdacht, den ich gegen einen Hotelgast aus England hege, einem gewissen Mr. Johns, der in ein verdächtiges Gebäude verschwunden ist, in das ein normaler Tourist sicher nicht gehen würde", erklärte Jonas, der es für besser hielt, nichts von Nadim Azir zu erzählen, da dieser ja nach Ansicht des Polizisten über jeden Verdacht erhaben sei.

"Sie haben mich einfach herbestellt, weil ein Tourist in ein Gebäude ging?", fragte er ungläubig.

"Dieser Tourist ist hochverdächtig, da er von einer Frau sprach, die wenig intelligent, dennoch gefährlich werden kann. Und das Gebäude hat dieses Schild am Tor gehabt!" Stolz zeigte er ihm den von ihm abgemalten arabischen Schriftzug. "Können Sie mein

Kunstwerk lesen?"

"Ja, das heißt Import-Export! Was soll daran verdächtig sein?"

"Es geht wohl um die kürzlich gefundenen Artefakte, denen Belosi auf der Spur war und deswegen sein Leben verlor."

"Das ist nicht bewiesen, dass er wegen irgendwelcher Artefakte getötet wurde."

"Wenn aber doch, dann ist es umso verdächtiger, wenn eine Import-Export-Firma im Spiel ist. Die Artefakte müssen doch nicht unbedingt im Land bleiben, oder? Sicher werden sie an den meistbietenden Ausländer verscherbelt. Wie wäre es, wenn Sie sich einen Durchsuchungsbefehl besorgen und das Gebäude auf den Kopf stellen?", schlug Jonas siegessicher vor.

"In Ihrer Rede ist viel Spekulation, nicht ein handfester Beweis. Ich erhalte keine Durchsuchungserlaubnis für die

Aussagen eines Touristen gegen einen anderen, verstehen Sie? Ich glaube auch, das ist in jedem Land so."

"Hm, da könnten Sie natürlich recht haben", murmelte Jonas, dem einfiel, falls das Gebäude im Besitz Azirs wäre, könnte Al Hamdi dafür schon gar keinen Durchsuchungsbefehl bekommen. "Dann werde ich die Sache wohl selbst in die Hand nehmen müssen."

"Davon rate ich ab", zischte Al Hamdi, der ein ziemlich düsteres Gesicht machte. "Wenn ich Sie wegen Einbruchs verhaften müsste, täte es mir sehr leid."

"Nein, ich breche doch nirgendwo ein, ich recherchiere nur", stellte Jonas klar. "Mit meinem Presseausweis komme ich fast überall rein."

"Wenn in dem Gebäude etwas Ungesetzliches vorgeht, dann kann ich mir nicht vorstellen, dass Ihnen Ihr Ausweis etwas hilft!"

"Hm, schon wieder richtig", ärgerte sich Jonas. "Tja, was würden Sie denn an meiner Stelle tun?"

"Meinen Urlaub genießen und sicher nicht versuchen, Polizeiarbeit zu machen!" Nun klang auch seine Stimme düster.

"Na schön, aber eines hätte ich noch gern gewusst: War auf dem Dolch von Mr. Tahiri das Blut von Ibrahim Belosi?"

"Nein, die Klinge war laut dem Chemiker noch nie benutzt worden."

"Aha, dann entschuldigen Sie die Störung, aber ich fand es wirklich wichtig."

Ohne Abschiedsgruß entfleuchte der Offizier, dem sein Ärger über Jonas Zeitdiebstahl deutlich anzumerken war.

Missmutig stapfte Jonas wieder Richtung Hotel. Nicht nur, dass er keinen Schritt weitergekommen war, drückte stark auf seine Stimmung, sondern auch, dass er sich Al Hamdis Sympathie verscherzt hatte.

Außerdem fragte er sich, wo El Garim mit der von ihm gekauften Vase, die er Relikt genannt hatte, steckte.

Am Hoteleingang wartete Thusnelda auf ihn und freute sich sichtlich, ihn noch lebend und relativ munter zu sehen.

"Und? Was haben Sie herausgefunden?"

"Dass unser Mr. Johns in eine Import-Export-Firma eingekehrt ist. Ich frage mich nur, was er dort zu suchen hat, wohl kaum Sehenswürdigkeiten."

"Doch, es kann doch sein, dass man dort etwas billiger erwerben kann. So eine Art Outlet. Schließlich ist doch der Zoll noch nicht draufgeschlagen worden."

"Im Zusammenhang mit dem Gespräch, das dieser Johns geführt hat, kann ich mir schwer zusammenreimen, er wäre nur auf ein billiges Souvenir aus, liebe Thusnelda!"

"Soll ich ihn aushorchen?"

"Lieber nicht, ich will Sie da nicht mit hineinziehen."

"Wie Sie wünschen, wollen wir jetzt etwas Schönes unternehmen? Zum Beispiel die Pyramiden besuchen?"

Wie sie ihn so anhimmelte, da konnte er natürlich nicht widerstehen und fuhr mit ihr in einer Pferdekutsche zu dem einzigen noch erhaltenen Weltwunder der Antike. Und wie der Zufall wollte, hatte die Kutsche einen Reifenschaden. Leider hatte das alte Gefährt kein Wechselradsystem, bei welchem man nur die Staubkappe abnehmen und vier Muttern lösen brauchte. Der Kutscher fluchte auf in seiner Religion eigentlich verbotene Art und sie standen betroffen daneben.

Komisch, dachte sich Jonas, die Situation kommt mir irgendwie bekannt vor. Was wohl aus dem alten Volvo geworden ist, der uns in ähnlicher Weise den Dienst versagt hat.

"Ach weh, das ist ärgerlich", motzte Thusnelda. "Mir ist die Lust auf die alten Steinhaufen vergangen, ich will wieder zurück ins Hotel."

Daher zahlte Jonas den Kutscher und sie hielten einen Truck auf, dessen Fahrer Thusnelda neben sich Platz nehmen ließ und Jonas hinten auf die Ladefläche verbannte. Zum Glück befand sich hinten keine Lebendfracht, sondern nur ein großer Stapel Holzkisten, auf denen ein Aufdruck HANDLE WITH CARE empfahl.

Nachdem er Thusnelda im Hotel abgeliefert hatte, bemühte sich Jonas wieder ins Ägyptische Museum, um mit Hal El Garim zu sprechen.

"Was wollen Sie denn hier?", empfing ihn dieser in rüdem Ton.

"Zum Beispiel wissen, wo sich meine teuer gekaufte Vase befindet", erwiderte er ebenfalls wenig freundlich.

"Guter Mann, Sie haben dieses

Relikt nicht gekauft, sondern sich von einem Dieb übervorteilen lassen. Die Vase, wie Sie sie zu nennen belieben, befindet sich in einer Glasvitrine und erfreut meine Besucher."

"Auch gut, aber was war mit Ihrer Verabredung, zu der Sie Mr. Tahiri herbestellt haben?"

"Ich verbitte mir jedwede Verdächtigungen. Ich sagte bereits der Polizei, dass ich keine Verabredungen an dem Tag hatte, an dem der arme Tahiri hier einem Hinterhalt zum Opfer fiel. Allerdings hatte ich einen Besuch in einem Grab schon eine Woche vorher in meinem Terminkalender stehen."

"Verstehe, irgendwer hat also ihr leeres Büro für sein Treffen mit Tahiri missbraucht!", kombinierte Jonas rasch.

"Genauso muss es gewesen sein."

"Und gibt es noch mehr Relikte, die als gestohlen gemeldet worden sind?"

"Guter Mann, das Relikt, das man Ihnen angedreht hatte, war noch gar nicht registriert, geschweige denn als gestohlen gemeldet. Es läuft ein illegaler Handel mit Artefakten, die erst vor kurzem entdeckt worden sind. Leider von den falschen Leuten."

"Das wird ja immer schlimmer", überlegte Jonas.

"Wenn ich Ihnen einen Rat geben darf, guter Mann, dann genießen Sie einfach Ihren Urlaub, haken das Geschehene als Reisepanne ab und behalten unser Land für das in Erinnerung, was es ist: Ein wahrgewordenes Märchen!"

"Das ist jetzt sehr blumig ausgedrückt, das muss ich mir unbedingt merken", nahm sich Jonas vor und empfahl sich.

In seinem Hotelzimmer wartete schon Agatha, die ihm brühwarm erzählte, wohin sie mit Nadim Azir in dessen dunkler Limousine als

Blinder Passagier mitgefahren ist.

"Stellen Sie sich vor, dieser Mr. Azir hat ein geheimes Lager in einem ziemlich noblen Stadtteil von Kairo, wo er kistenweise Artefakte hortet. Wenn Sie einen Stadtplan haben, kann ich Ihnen diesen Ort zeigen, den Sie aufsuchen sollten, solange die Relikte noch dort lagern."

"Ich habe in meiner Nachttischschublade einen Plan gesehen, einen Moment bitte", sagte er und hielt Nachschau. "Ja, da ist er."

"Es ist Ihnen wohl klar, dass Sie Ihren Freund von der Polizei davon nicht überzeugen können, Sie dorthin zu begleiten?"

"Der ist nicht mein Freund", stellte Jonas gepresst fest. "Ich werde die Beweise mit meinem Smartphone fotografieren und dann sofort an die Polizeizentrale senden."

"Das hört sich leicht an, doch es ist allergrößte Vorsicht geboten. Immerhin mussten leider schon drei

Personen mit ihrem Leben bezahlen, sich eingemischt zu haben."

"Ja, und ich werde nicht die vierte Person sein!", nahm er sich zu allem entschlossen vor.

17. Kapitel: **Die Schlinge zieht sich zu**

Mittlerweile war die Dunkelheit über Kairo eingebrochen und legte sich wie ein dunkler Schleier über die geräuschvolle Stadt. In seinem dunklen Anzug schlich sich Jonas, der ein Taxi bis in die Nähe des von Agatha aufgestöberten Lagers dirigiert und den Rest des Weges zu Fuß zurückgelegt hatte, dorthin und drang durch ein Kellerfenster, das einen Spalt offenstand, ein. Staub wirbelte bei seinem Eindringen auf. Es war stockfinster und vor allem schwül. Zusammen mit der schweißtreibenden Gefahr eigentlich schwer erträglich, doch er wollte das Rätsel unbedingt lösen.

Mit dem beleuchteten Display seines Mobiltelefons erhellte sich Jonas den schmalen Pfad durch ein unterirdisches Labyrinth. Endlich gelangte er bei einigen Kisten an, die natürlich fest verschlossen oder vielmehr zugenagelt waren. Gerade, als er bedauerte, sich nicht einmal mit einem Taschenmesser bewaffnet zu haben, wurde der Raum grell erleuchtet. Das kalte Neonlicht ließ den nun erschrockenen Journalisten und Aushilfsdetektiv wie eine Leiche aussehen.

"Nanu, wen haben wir denn da?", hörte er eine weibliche Stimme fragen und erblickte Lady Ecclesthorpe in einem roten Mantelkleid, das ihr ein kämpferisches Aussehen verlieh.

"Ich bin es nur", gab er tonlos bekannt.

"Zur falschen Zeit am falschen Ort wie die meisten Schnüffler von der Presse", ertönte nun eine männliche Stimme, die sich als zum großen blonden Engländer namens Johns gehörend herausstellte, der hinter der roten Lady auftauchte. "Suchen Sie was Bestimmtes?"

"Eigentlich sehe ich mich nur nach einer guten Story um!"

Die Lady ergriff wieder das Wort sowie eine Pistole aus ihrer teuren Designerhandtasche, nicht besonders groß, dafür absolut tödlich.

Überheblich meinte sie: "Schade, dass Sie nicht Ihren eigenen Nachruf schreiben können. Oder haben Sie für diesen Fall schon vorgesorgt und einen auf Ihrem Computer liegen?"

"Auf meinem Computer liegen bereits meine bisherigen Ermittlungsergebnisse", verkündete Jonas im Brustton der Überzeugung. Das Adrenalin pulste durch seinen Körper, jeder seiner Muskel spannte sich an.

"So? Und verraten Sie uns diese auch?"

"Nein, Berufsgeheimnis."

"Mut hast du, das muss man dir lassen", stieß Johns zwischen den Zähnen durch. "Aber bluffen kannst du nicht!"

"Das ist kein Bluff, ich an Ihrer Stelle würde es besser nicht drauf ankommen lassen." Mit aller Energie versuchte Jonas, sich seine Angst nicht von seiner Miene ablesen zu lassen, steckte sein Handy ein und wischte etwas Staub von seinem Anzug. "Ich nehme an, Sie wissen, Lady Ecclesthorpe, dass Sie von Ihrem Komplizen hinter Ihrem Rücken als wenig intelligent bezeichnet werden."

"Wollen Sie einen Keil zwischen mich und Barry treiben?", forschte sie sichtlich amüsiert.

"Nein, ich hörte nur zufällig seine Unterhaltung mit Mr. Azir, der auch nicht viel von Ihnen hält, bevor er mit Ihrem Barry zu seiner Import-Export-Firma fuhr."

Nun zeigte sich ein Hauch von Überraschung auf ihrem Antlitz. Mit einem kurzen Seitenblick zu Johns schien sie dessen Reaktion überprüfen zu wollen. Johns jedoch zuckte nicht einmal mit einer seiner blonden Wimpern. Momentan zeigte er eine versteinerte Miene.

"Vergessen Sie bitte nicht, werte Lady, dass hier in diesen noch sehr patriarchalischen Ländern Frauen nicht viel zu melden haben."

Der empörte Barry Johns fletschte in einer Imponiergeste die Zähne, worauf ihm Jonas nur kaltschnäuzig entgegnete: "Sie brauchen mir nicht die Arbeit Ihres Zahnarztes zu zeigen! Ich habe meinen eigenen in Wien!"

"Haha", lachte die Lady, fand ihn scheinbar urkomisch.

Jonas hoffte inständig, seine Karten gut ausgespielt zu haben, denn die Tatsache, dass er noch keine Kugel im Leib hatte, schien ihm recht zu geben. Unschlüssig stand sie zwischen Jonas und Johns, der ihn mit bloßen Blicken zu töten wollen schien.

"Ich bin sicher, werte Lady Ecclesthorpe, Sie sind eine Meisterschützin, genauso wie Sie eine ausgezeichnete Kuchenbäckerin sind. Aber den ruchlosen Messermord an dem neugierigen Mr. Belosi traue ich Ihnen nicht zu. Das war der große Blonde in Ihrem Schatten, der schon auf seine Chance wartet, Sie loszuwerden."

"Halt dein blödes Maul", herrschte ihn Johns an, "sonst stopf ich's dir mit meiner Faust!"

"Welch wenig feine englische Art", mokierte sich Jonas, der zunehmend an Selbstsicherheit gewann. "Ich verstehe nur nicht, wie jemand wegen uralter Artefakte jemanden ermordet!"

"Die Artefakte waren mit einer andern Ware gefüllt, sie waren zwar echt und wertvoll, dienten aber nur als Versteck für etwas Größeres, das sich leichter verscherbeln ließ - Diamanten!" Dieses spontane Bekenntnis der feuerroten Lady hörte sich überlegen an.

"Das ist natürlich etwas ganz Anderes", erkannte er das Ausmaß der Rendite. "Diamanten sind die besten Freunde einer Frau, stimmt's?"

"Sie könnten auch etwas verdienen, wenn Sie verschwiegen und nützlich genug sind", schlug sie plötzlich vor.

"Wollen Sie mich bestechen? Ich bin absolut integer", behauptete er daraufhin stolz. "Es hängt wohl sehr vom Charakter und der Standfestigkeit ab, ob ein Mensch sich kaufen lässt oder nicht."

Die elegante Lady sah ihn an als wollte sie ihn hypnotisieren. "Es gibt keinen unbestechlichen Journalisten, nur einen, dem man zu wenig geboten hat."

"Nur ungern widerspreche ich einer Dame, doch ich bin bei jeder Summe standhaft!", behauptete er erhobenen Kopfes, was ihm sein Ehrgefühl gebot.

"Dann werden Sie bald ein toter Journalist sein!", erklärte sie mit gespieltem Bedauern.

"Naja, man wird ja noch seine Prinzipien haben dürfen. Aber ich kann mich natürlich im Notfall davon trennen."

"Ja, trennen Sie sich von Ihren Prinzipien oder von Ihrem Leben."

"Überredet! Glauben Sie mir, Mylady, ich kann Ihnen sogar sehr nützlich sein, sonst übervorteilt Sie noch dieser, dieser hochgewachsene semmelblonde Riese."

"Der Kerl lügt doch!", rief Johns aus. Aus seinen krampfhaft zugekniffenen Augen schienen Blitze gegen Jonas zu schießen.

"Immerhin hat er keine Beweise gegen uns", stellte sie mit ruhiger Stimme fest. "Wenn er auch wusste, wer von uns für welchen Mord verantwortlich ist."

"Ja, ganz genau", stimmte ihr Jonas schnell zu.

Diese Frau schien eiskalt zu sein. In ihrer Gegenwart fiel auch die herrschende schwüle Hitze nicht weiter auf.

Johns schüttelte kurz den Kopf.

"Dennoch kann er uns Schwierigkeiten bereiten. Wenn es nach mir ginge..." Anstatt weiterzusprechen zeigte er sich mit seinem rechten Daumen in einer schnellen Bewegung quer über die Kehle.

Die Situation spitzte sich gefährlich zu und Jonas wollte sie mit einem Scherz entspannen: "Der wird einmal als Laus wiedergeboren!"

"Hahaha!", lachte Lady Ecclesthorpe, wobei ihre Ohrringe wackelten.

Nun erst bemerkte Jonas, dass diese tropfenförmigen Ohrringe aus Diamanten bestanden. Und auch das Glitzerhalsband von Azirs Siamkatze fiel ihm ein. Es musste 100.000e Euro wert sein.

"Also Humor haben Sie, Gnädigste!" In dem Augenblick schöpfte er Hoffnung. "Sie haben mir noch gar keine Summe genannt!"

"Mir gefallen mutige Männer. Nicht solche, die um ihr Leben

betteln." Sie schien sich an eines ihrer Opfer zu erinnern, vermutlich Tahiri, der in die Mündung ihrer Pistole blicken musste.

In die kurze Stille mischte sich das Aufheulen einer Sirene.

"Das Schwein hat uns verpfiffen", rief Johns aus und stürzte sich auf Jonas, umschlang seinen Hals mit seinen riesigen Händen und drückte zu.

Da hallte ein Schuß durch den Raum und Jonas fühlte, wie sich der eiserne Griff um seinen Hals langsam löste. Ebenso langsam sank der getroffene blonde Engländer zu Boden, wo er mit weit aufgerissenen Augen und einem erstaunten Zug um den Mund liegenblieb.

Die Lady lächelte grausam und steckte ihre Waffe zurück in ihre Handtasche. "Ich mache Ihnen einen Vorschlag, mein Bester!"

Die Sirene näherte sich deutlich.

"Sie erklären auf Johns Spur

gekommen zu sein und erzählen, ich hätte Sie aus höchster Not gerettet. Es wird Ihr Schaden nicht sein, ich kann Sie zum Millionär machen. Denken Sie schnell darüber nach, denn eine Belohnung gibt Ihnen die ägyptische Polizei niemals, sondern steckt sie selber ein!"

Das Krachen einer aufgebrochenen Tür drang an ihre Ohren. Beide standen sie wie angewurzelt da, als sich Al Hamdi endlich zwischen den Kisten zu ihnen durchgeschlängelt hatte, seine Waffe im Anschlag, seine Kollegen hinter sich.

"Was war hier los?" Fragend sah er von der rotgewandeten Dame zu Jonas und danach zu dem am Boden liegenden Toten.

"Diese schießfreudige Lady will ein Geständnis ablegen", kündigte Jonas an. "In Ihrer Handtasche finden Sie die Mordwaffe!"

"Sie sind sehr dumm, Mr. Jericho", grinste sie. "Sie haben wohl vergessen, dass Azir auf freiem Fuß bleiben wird. Und er wird an Ihnen Rache nehmen, das verspreche ich Ihnen!"

Nachdem Al Hamdis Kollegen die rote Lady abgeführt hatten, fühlte Jonas wie sich all seine Muskel entspannten. Erleichtert atmete er durch. "Wie kamen Sie auf die Idee, hierher zu kommen?"

"Ein Anruf erreichte mich."

"Puh, der Anruf kam gerade recht, wer hat denn angerufen?"

"Der Stimme nach war es eine ältere Lady. Fällt Ihnen dazu jemand ein?"

"Äh, nein ich kenne nur Ladies im besten Alter, sie werden nicht älter, nur reifer!"

Einige der mitgekommenen Polizisten durchsuchten die Kisten, in welchen ägyptische Artefakte voll mit Diamanten lagen.

"Das muss ein Millionenvermögen sein", stellte Al Hamdi fest, wobei seine Augen einen begehrlichen Blick zeigten.

"Die mörderische Femme fatale hat sogar angeboten, mich zum Millionär zu machen, weil mich sonst ihr Komplize Nadim Azir mit einem Rachelauf bedenken wird."

Nun nahm Al Hamdi wieder einen dienstlichen Blick an und schüttelte den Kopf. "Ich kann mir nicht vorstellen, dass Mr. Azir mit so einer bösen Frau in Kontakt war, weder geschäftlich noch privat. Dazu ist er zu kultiviert. Haben Sie außer ihrer Aussage noch andere Beweise gegen ihn?"

"Nein, leider nicht. Zu mir war er bei meinem Besuch sehr freundlich."

"Er ist ein allseits geachteter ägyptischer Bürger. Ich würde ihn mir nicht gern zum Feind machen und das sollten Sie auch nicht tun!"

Nickend nahm Jonas diesen scheinbar ehrlich gemeinten Rat an und ließ sich im Polizeiwagen auf das Revier fahren, um dort seine Aussage schriftlich zu Protokoll zu geben.

Zurück im Hotel suchte er Agatha, doch fand sie nicht, begab sich also nach einer erfrischenden Dusche sofort zu seinem mitgebrachten Notebook und tippte auf Teufel komm raus wie in Trance den Bericht von seiner erfolgreichen Mördersuche im Dunkel der Nacht von Kairo hinein und sandte ihn brühwarm an Riasek, der sicher vor Neid erblassen würde. Dann legte er sich ins Bett, wo er von seiner Geisterfreundin träumte.

"Haben Sie Al Hamdi angerufen, Mrs. Christie?"

"Oh ja, es war mir zum Glück möglich, mich in die moderne Technik einzuhacken, wie man heute zu sagen pflegt!"

"Gratuliere zu Ihrem großartigen Timing!"

"Ich konnte doch nicht zulassen, dass Ihnen etwas geschieht, wo Sie mich als großartige Schriftstellerin bezeichnet haben", lächelte sie ihn gütig an."

18. Kapitel: **Der Gordische Knoten**

Am nächsten Morgen klopfte der Professor an Jonas Zimmertür und lud ihn auf eine gemeinsame Ausfahrt nach Saqqara ein.

"Oh nein, Professor, das hatten wir doch schon!", winkte Jonas energisch ab, drehte sich um und schlurfte ins Badezimmer.

In einem scheinbar neuen olivfarbenen Anzug kam Penrose in sein Zimmer und wartete geduldig auf seine Rückkehr.

"Nachdem wir von unserem Vorhaben durch widrige Umstände abgebracht worden sind, sollten wir den Weg wieder aufnehmen, denn Sie suchen doch einen Mörder."

"Ha, lieber Freund, den fand ich gestern sogar samt seiner Helfershelferin. Ich will aber nicht petzen, um welche Ihrer feinen Landsleute es sich handelt." Erfrischt schlüpfte Jonas in seinen cremeweißen Anzug. "Sie werden alles in meinem Zeitungsbericht lesen, der nur noch gedruckt werden muss."

"Gratuliere, ich will aber unbedingt die Ausgrabungen begutachten."

"Ich weiß noch gar nicht WELCHER Professor Sie sind. Ein Archäologie-Professor?"

"Nahe dran, ich bin Geschichtsprofessor und unterrichtete schon einige Jahre an der Universität Oxford, ehe ich eine Auszeit nahm, um meine leeren Batterien mit Abenteuern aufzufüllen. Also, kann ich mit Ihnen rechnen?"

"Von mir aus", gab Jonas nach, der sich von der geradezu kindlichen Vorfreude des Professors anstecken ließ.

"Das nenn ich ein Wort! Ich organisiere einen Fahrer in einem SUV und dann geht es los. Gleich nach Ihrem Frühstück. Ich warte dann vor dem Hotel auf Sie!"

Sprachs und eilte aus dem Zimmer.

"Worauf habe ich mich da nur eingelassen", ahnte Jonas schon wieder Unheil auf sich zukommen.

Im Speisesaal wartete Thusnelda schon auf ihn und hörte gespannt seine Story mit dem Beinahe-Abschuss durch eine ihr bekannte edle Lady.

"Nein, das hätte ich nie von der Schreckschraube gedacht. Wie man sich doch irren kann. Dabei hat diese Frau doch so viel Geld!"

"Ja, aber den Reichen reicht es nun mal nicht", erklärte Jonas. "Schon Schopenhauer wusste: Reichtum gleicht dem Meerwasser. Je mehr man davon trinkt, umso durstiger wird man."

"Jetzt wird die eingebildete Person im Knast nur Wasser trinken, anstatt des gewohnten Champagners", freute sie sich diebisch, wobei sie auf ihrer Sitzfläche hin- und herwetzte.

"Sagen Sie, Thusnelda, tut Ihnen

nicht um Mr. Johns leid?"

"Wenn er ein Verbrecher war, nicht! Was wollen wir heute miteinander anstellen?"

"Leider habe ich Penrose versprochen, ihn nach Saqqara zu begleiten."

"Och, wie schade, naja, dann sehen wir uns eben später!"

"Abgemacht!" Nolens volens begab er sich nach draußen, wo der Professor schon neben einem schwarzen SUV wartete.

"Herrlich was? Und dieses Gefährt ist modern und wird uns bestimmt nicht im Stich lassen", versprach er und öffnete die Tür. "Sogar mit Klimaanlage, Sie sehen, ich habe weder Kosten noch Mühe gescheut."

"Das hätten Sie besser schon bei unserem ersten Anlauf machen sollen", belehrte ihn Jonas. "Wissen Sie, was uns in Saqqara erwartet?"

"Mindestens 50 Sarkophage in

einem mehr als 2.500 Jahre alten Totentempel", verkündete der Professor und klatschte in die Hände.

"Wenn die sprechen könnten, hätten sie uns wohl viele Geschichten zu erzählen."

Die Fahrt ging klaglos und angenehm dahin, im Innenraum des SUVs sorgte die Klimaanlage für kühle 22 Grad, in einem kleinen Eisschrank lagen einige Flaschen Mineralwasser bereit. Beide unterhielten sich köstlich. Doch auf einmal fiel Jonas etwas auf.

"Sagen Sie mal, Professor, Saqqara liegt doch südlich der Hauptstadt, wenn ich mich nicht irre."

"Ja, und?"

"Sehen Sie sich mal den Stand der Sonne an. Wir fahren eindeutig nach Norden."

Der Professor stutzte und sagte kleinlaut: "Sie haben recht. So kommen wir ja niemals zu unsren 50 Sarkophagen. FAHRER!"

Der SUV hatte eine gläserne Trennscheibe zwischen dem Fahrer und den beiden Fahrgästen hinten. Auf das Klopfen von Penrose reagierte der Fahrer mit einem bedrohlichen Satz.

"Ihr braucht keine 50 Sarkophage. Für euch zwei Ungläubigen reichen auch zwei Holzsärge!"

In diesem Augenblick sank die Temperatur für die beiden Insassen im Fond des feudalen Wagens um gefühlt mindestens zehn Grad ab.

"Was soll das heißen?"

Darauf gab der Fahrer keinen Kommentar mehr ab, sondern Vollgas und Jonas erinnerte sich an die letzten Worte der Lady in Rot.

"Professor, haben Sie bei der Anmietung des Wagens etwa auch meinen Namen genannt?"

"Natürlich, wegen der Versicherung."

"Jetzt sind wir beide verloren."

Einen Versuch wollte er noch machen und klopfte gegen die Scheibe, beschwor den Fahrer: "Lassen Sie ihn aussteigen, er weiß absolut nichts!"

"SCHNAUZE! HEHEHE!" Der dämonische Chauffeur schien sich auf das kommende Ungemach seiner Fahrgäste teuflisch zu freuen.

"Was ist denn eigentlich los?", fragte Penrose ahnungslos.

"Nadim Azir, ein gwiefter Kaufmann hat uns in seine Gewalt gebracht. Er ist der Kopf einer Diamanten-Schieberbande", klärte Jonas den unwissenden Penrose auf. "Das ist so wie die Mafia. Total verstrickt. Von Ägypten nach England und wer weiß wohin noch."

"So eine Art Gordischer Knoten?", staunte Professor Penrose.

"So ungefähr, nur, dass man den nicht einfach mit einem Schwert wie Alexander der Große zerschlagen kann."

Die Fahrt ging rasant in ein

abgelegenes Dorf, das von seinen einstigen Bewohnern längst aufgegeben schien. Bitter dachte Jonas, wie schnell einem Triumph eine Niederlage folgen kann.

"Wir sind geliefert, Professor. Diesmal allerdings endgültig!"

"Nanana, es wird nicht so heiß gegessen wie gekocht. Mit den rustikalen Leuten kann man sicher verhandeln, schlussendlich sind das alles hier Geschäftsleute und wollen etwas verdienen. Wir werden uns schon einig werden."

Dessen Optimismus möchte ich haben, dachte Jonas, der aufgrund der Zuversicht seines Reisegefährten ebenfalls wieder so etwas wie Hoffnung schöpfte.

Wenig später mussten sie auf einem verlassenen Dorfplatz aussteigen, der Chauffeur stieg ebenfalls aus, schlug die Tür zu und Jonas zuckte schon zusammen. Unter der schwarzen Jacke des furios dreinsehenden Fahrers wölbte sich etwas verdächtig, das eine

Waffe sein konnte. Sodann kam auch schon eine dunkle Limousine angerauscht und ihr entstieg Nadim Ben Ali Azir in einem weißen Burnus, in welchem er wie ein Ölscheich wirkte. Auch drei andere Insassen mit üblen Visagen stiegen aus dem Luxusgefährt.

"Mr. Jericho, Sie haben einen großen Fehler gemacht!"

Umringt von dem Fahrer, Azir und dessen drei Leibwächtern, die in safrangelben Fantasie-Uniformen mit Pistolengurten ausgerüstet, breitbeinig wie zum Duell dastanden, fühlten sich sowohl Jonas als auch Penrose ziemlich hilflos. Vor allem, da die Pistolen dieser Bodygards aus dem Hause Glock stammten - die Glock galt als österreichisches Qualitätsprodukt und war ein ausgesprochener Exportschlager. Selbst Saddam Hussein hatte bei seiner Verhaftung durch das US-Militär eine Glock bei sich - ihm hatte sie allerdings nichts mehr genützt.

"Mr. Azir, die Polizei hat bereits

Ihre beiden Komplizen verhaftet, Sie sollten jetzt nicht den Fehler machen, zu glauben, wir wären so einfach zu töten ohne, dass ein Verdacht auf Sie fällt", versuchte ihm Jonas klarzumachen.

"Schämen Sie sich denn gar nicht?", mischte sich Penrose helfend ein, wobei er diesmal zu den völlig falschen Worten griff. "Sie sind doch ein stolzer Araber, da werden Sie sich doch nicht an uns die Hände beschmutzen."

"Ich werde natürlich nicht Hand an euch legen, ihr Würmer", tönte Azir und warf ihnen einen hämischen Blick zu. "Ich brauche nur mit dem Finger zu schnippen."

Insgeheim hatte sich Jonas schon mit der Aussichtslosigkeit der Lage abgefunden und wartete nur noch darauf, dass der Film seines Lebens vor seinem geistigen Auge vorbeizieht, von dem in Nahtod-Erfahrungen immer die Rede ist. Und beim Anblick der drei finsteren, uniformierten Schergen dachte er, er würde wohl bald seiner

Freundin in die Geisterwelt folgen müssen. Über sich bemerkte er eine weiße Wolke, in welcher er schon ihr liebes Gesicht zu erkennen glaubte. Das hatte etwas Tröstliches.

Azir schien seine absolute Macht noch auskosten zu wollen. Auf seinem feisten Gesicht lag eine hochzufriedene Ausstrahlung.

In höchster Not spielte Jonas noch die Glaubenskarte aus: "Sie werden eines Tages vor Ihrem Gott stehen, Mr. Azir, und was denken Sie, wird er mit Ihnen machen?"

"Er wird Sie zur Hölle schicken!", rief Penrose wütend aus.

Da begann Nadim Ben Ali Azir kurz, aber sehr herzlich zu lachen und prahlte vermessen: "Ich bin Gott! Ihr untersteht MEINER Gnade! Und die gewähre ich euch nicht!"

Dann wartete er noch ab, ob eines seiner beiden Opfer wohl auf Knien um Gnade flehen würde. Doch als das nicht geschah, weil beide so intelligent waren, zu wissen, es wäre ohnehin sinnlos, gab er das Kommando: "FEUER!"

Daraufhin zogen alle drei Leibwächter blitzschnell ihre Pistolen, und zwar einer schneller als die anderen, und feuerten los und Jonas duckte sich instinktiv, das Mündungsfeuer vor Augen, die lauten Schüsse in den Ohren, konnte er das Unglaubliche beobachten: diese Männer in den gelben Uniformen zielten aufeinander. Genaugenommen schoss einer erst auf seine beiden Kollegen, dann auf den Fahrer und zuletzt, als er diese drei außer Gefecht gesetzt hatte, zielte er auf Azir, der mit offenem Mund die Aktion beobachtet hatte und die Hände hob.

"Du bist ein verdeckter Ermittler?", vergewisserte sich Azir, der begriff, dass sich jemand in seinen engsten Kreis eingeschlichen haben musste.

Der Schütze nickte.

"Ich mache dich zum Millionär." Azir zeigte ihm seine offenen

Handflächen, auf denen sich der Schütze offenbar eine Menge von glitzernden Diamanten vorzustellen hatte.

Jonas blieb das Herz stehen, denn wenn der Schütze sich dem Angebot unterwarf, bedeutete das, es brauchte ohnehin nicht mehr zu schlagen.

Der Schütze schüttelte den Kopf und legte Azir mit geübter Bewegung Handschellen an.

"Verräter müssen sterben!", drohte ihm Azir nun.

"Alle Menschen müssen sterben!", entgegnete ihm kalt der Schütze. Dann wandte er sich in einer geschmeidigen Drehung zu den beiden Geiseln um. "Seid ihr getroffen?"

"Nur ich bin schwer verletzt!"

Leider war Penrose im Laufe des hitzigen Gefechts dieser großteils bösartigen Widersacher durch einen Schuss am Oberkörper verletzt worden. Er lag am Boden und wurde von Jonas nun beim vorsichtigen Aufstehen gestützt.

"Wie geht es Ihnen, Professor?"

"Unkraut vergeht nicht, Jericho! Aber die Wunde an meiner Schulter blutet! Ich spüre trotzdem keinen Schmerz."

"Das ist der Schock."

"In Azirs Limo findet ihr eine Autoapotheke", sagte der Schütze knapp und rief mit seinem Handy seine Kollegen von der Polizei, die alsbald am Ort des Schusswechsels eintrafen. Al Hamdi befand sich mitten unter ihnen und lächelte siegessicher.

"Wir hatten Azir schon lange im Visier. Doch es brauchte noch eine Menge Beweisarbeit, bis wir ihn auch verhaften konnten."

"Keine Sekunde zu früh!", bemerkte Jonas und schüttelte Al Hamdi dankbar die Hand. Dieser hatte einen eisernen Griff und war auch ein eiserner Vertreter von Recht und Gesetz. "Sie sind ein As und haben den Gordischen Knoten zerschlagen!"

"Ich habe nur meine Pflicht getan!"

19. Kapitel: **Der kurze Abschied**

Mit einem Krankenwagen wurde der von Jonas nur provisorisch verbundene Professor in ein Spital nahe Kairo gebracht, in dem auch ein deutscher Arzt mit dem Namen Sauerbruch ordinierte. Dieser Dr. Sauerbruch war allerdings der Ansicht, dass der Professor nicht nur ein schlechter Patient war, sondern seinen schlimmen Gesundheitszustand noch übertrieb.

"Das Projektil ist entfernt und hat außer einer Fleischwunde wenig Schaden angerichtet. Sie scheinen ein wenig mit Ihren Wehwehchen zu übertreiben, Mr. Penrose", kritisierte ihn der Arzt mit dem geschichtsträchtigen Namen.

"Das sehen Sie falsch", beeinspruchte der Professor sofort. "Männer leiden einfach mehr! Eine

Studie fand heraus, dass Männer bei Schnupfen und Erkältungen deshalb mehr als Frauen leiden, weil sie weniger Östrogen im Körper haben - das müssten SIE eigentlich wissen - was die Reaktion auf Viren verstärkt."

"An Ihrem Zustand ist allerdings kein Virus schuld!", erinnerte ihn Dr. Sauerbruch.

"Sie sind im Ausreden-Finden topp, Herr Sauerbruch, hoffentlich auch in der Behandlung meiner gesundheitlichen Probleme! Ich könnte nämlich ein wenig Doping vertragen."

"Gedopt werden hierzulande nur Kamele!"

Inzwischen organisierte Jonas noch flugs einen Rettungsflug nach England zurück und besuchte den Professor mit seiner aufmunternden Nachricht. "Gute Neuigkeiten für Sie, Herr Professor: Sie sind transportfähig und können noch heute schon um 17 Uhr nach London abdüsen!"

"Laut meinem Krankenversicherungsvertrag darf eine Begleitperson mitreisen", fiel dem Professor ein. "Ich schlage vor, SIE kommen mit, denn da kann ich Ihnen gleich während des Fluges meine Memoiren diktieren. Ich weiß auch schon, wie ich das nobelpreiswürdige Werk des Titels 'Professor Desmond Penroses Erinnerungen' beginne: Der Hauch der Endlichkeit hat mich gestreift. Eiskalt und überraschend hat er mich erwischt und ich habe mich in diesem Moment entschieden, meine ganzen wertvollen Erfahrungen mit der unwissenden Nachwelt zu teilen!"

Puh, dachte Jonas nicht nur wegen des antiseptischen Geruchs im Krankenzimmer, der eitle Geck will nun auch literarisch über sein Leben bramarbasieren.

"Wie ich zum Beispiel einen elegischen Marsch durch die Wüste Sahara absolvierte, bei dem ich beinahe verdurstet wäre!"

"Jaja, ich war ja in der Sahara dabei! Ich kann mich zwar nicht mehr dran erinnern, werde es jedoch trotzdem niemals vergessen!"

"Hach, Ihren Humor dürfen Sie natürlich auch einbringen", ließ ihn der Professor gönnerhaft wissen.

"Tut mir leid, dieses großzügige Angebot ablehnen zu müssen."

"Lieber Freund, Sie kennen mich doch jetzt lang genug, Sie müssten also wissen, wie sinnlos es ist, solchen Impulsen meinerseits entgegenzustehen. Was immer Sie auch vorhaben, das Verfassen meiner Lebenserinnerungen ist ungleich wichtiger!"

"Aber ich muss doch für meinen Arbeitgeber, die Kleine Zeitung, noch den Abschlussbericht meiner Reportage über die Artefakte schreiben", warf Jonas ein.

"Unwichtig!", winkte der Professor mit seinem bandagierten Arm ab. "Sie bekommen von mir einen Monat Luxusaufenthalt in meinem komfortablen Haus, das heißt Kost und Logis frei, sowie eine respektable Abfindung für Ihre Schreibarbeit."

Das schien ein Angebot zu sein, das er nicht ablehnen konnte. "Also gut, dann tippe ich im Eiltempo den Abschlussartikel und sende ihn per Mail an meine Redaktion. Punkt 17 Uhr bin ich am Airport."

"Exzellent! Und wer weiß, eventuell fällt noch der eine oder andere Artikel in meiner Heimat für Ihren Arbeitgeber ab."

Die Krankenschwester brachte ihm ein Glas Wasser, er dankte es ihr mit einem stechenden Blick aus seinen stahlblauen Augen, in der Höhe ihrer Brüste. Scheinbar ist seine Manneskraft von den Strapazen nicht beeinträchtigt worden, dachte Jonas amüsiert.

Wehmütig musste er sich von Thusnelda verabschieden, die er noch vor dem Hotel erwischte. Sie hatte ein Taxi bestellt, mit dem sie endlich zu den Pyramiden fahren wollte.

"Und Sie begleiten den Professor zurück nach England, um seine Memoiren zu schreiben?", wiederholte sie ungläubig. "Der wird doch schamlos dabei übertreiben."

"Nehmen Sie es ihm nicht übel, Thusnelda, jeder hat halt so seine Spleens, besonders die Engländer."

"Ich bin auch Engländerin", erinnerte sie ihn warnend.

"Schon, aber eine sehr liebenswürdige, wenn ich das feststellen darf."

"Das dürfen Sie!"

Nach einer Umarmung nickte er ihr noch zu, sie lächelte ihr umwerfendes Lächeln und wandte sich schwungvoll um, sodass eine ihrer Haarsträhnen sein Gesicht streifte, wobei der Duft von Veilchenshampoo in seine Nase drang.

Beim Abschied, als sie in das Taxi stieg, wäre er bei dessen Abfahrt am liebsten winkend hinterher gelaufen und noch zugestiegen, doch wusste er, dass es wohl wenig Sinn hätte, ihr einen Antrag welcher Art auch immer zu machen. Die junge Dame würde jemandem ihr Herz schenken, der in der englischen Upperclass eine wichtige Funktion ausübte...

Beim Eintritt ins Hotel sah er Trenton umringt von einigen Landsleuten, wie er eine Zigarette entzündete.

"Sagen Sie, Mr. Trenton, müssen Sie unbedingt in meiner Gegenwart rauchen?" Das klang eher nach Vorwurf als nach einer Frage, was Lady Danice von sich gab.

Demonstrativ blies er ihr den Rauch ins Gesicht. "Ich habe meinen eigenen Tod überlebt, weil ich auf einem Schiff, mehr ein Seelenverkäufer, draußen an Deck mit den Matrosen rauchte, während die Nichtraucher im Inneren beim Untergang ersoffen!"

"Mich stört es aber, Ihre Atemluft vermischt mit Nikotin inhalieren zu müssen", beharrte sie.

Nun mischte sich Jonas helfend ein: "Trenton! Was eine Dame sagt, gilt als Gesetz!"

Erheitert zischte ihm Trenton zu: "Wollen Sie mir etwa drohen?"

Im Angesicht der hübschen Lady konnte er nun keinen Rückzieher machen und steckte seine rechte Hand resolut in seine Jackentasche, wo er den ausgestreckten Zeigefinger zielend auf Trenton richtete. "Zigarette weg, sonst schieß ich Sie in den Fuß, Mr. Trenton!"

"Sie müssen kein Loch in Ihr Sakko machen! Sie Antithese zu James Bond", keifte Trenton erbost und warf die angerauchte Kippe zu Boden. "Sie haben nicht einmal die Lizenz zum Löten! Hah!"

Verlegenes Gelächter all der Umstehenden folgte und Jonas fühlte, wie ihm die Zornesröte ins Gesicht stieg. Diese dummen Engländer, ärgerte er sich.

Als hätte Trenton seine Gedanken gelesen, setzte er noch

nach: "Naja, Sie sind ja ein Deutscher!"

"Österreicher!", korrigierte er ihn scharf.

"Auch nicht besser!"

Verärgert wandte sich Jonas von ihm ab und machte einige Schritte Richtung der Stufen, doch Lady Danice hielt ihn am Ärmel fest, offenbar wollte sie ihn trösten.

"Wissen Sie, wenn Menschen ihren inneren Sturm nicht kontrollieren können, suchen sie nach Auswegen, um diesen von anderen Seiten zu dämpfen. Das funktioniert eine Weile, bis der Körper darauf antwortet. Zigaretten, ungesundes Essen, sinnfreie Gesellschaftsgruppen, negative Menschen, bringen diese Leute sehr schnell auf den Abstieg in den Zynismus.Bald darauf folgt der körperliche Verfall!"

"Das haben Sie sehr richtig erkannt, Miss Danice", freute sich Jonas. "Und der Verfall ist Mr.

Trenton ja schon anzusehen an seinem aschfahlen Bleichgesicht!"

"Stimmt, er sieht ausgesprochen blutleer aus!"

"Ich muss leider abreisen, leben Sie wohl, Mylady!"

"Oh, wie schade, dann wünsche ich Ihnen noch gute Reise!"

In seinem Hotelzimmer tauchte beim Kofferpacken Agatha wieder auf.

"Ich frage mich nur, was die Queen davon hält, wenn sie erfährt, dass ihre Freundin zu so einem Verbrechen fähig war", sagte sie und schüttelte betroffen, aber augenzwinkernd ihr Haupt.

"Ich weiß es: We are not amused! Hahaha!"

Beide lachten und wäre es möglich gewesen, hätte ihr Jonas einen Kuss auf beide Wangen gedrückt.

The End

Das vorliegende Buch ist bereits der dritte Fall des Journalisten Jonas Jericho. Der erste Fall TODESPUNKT ist nachzulesen im selben Verlag unter: ISBN 9783749483709

Der zweite Fall 'Agathas Geist ermittelt' erschien ebenfalls im selben Verlag unter ISBN 9783751980593

Ebenfalls erhältlich und bei der Leserschaft beliebt:

Der Wahnsinn möglicherweise – Humorvoller Roman

Mörder machen Fehler – Rätselkrimis für Spürnasen

ZIVILFLUG ZUM ZEITRISS - Science Fiction Roman

EINFACH GRANDIOS – Science Fiction Satire

Terrormond Titan – Science Fiction Roman

Sherlock Holmes im All – eBook

Verbotene Gelüste – Erotischer SF-Roman

Ägyptens Fluch – Abenteuerroman

Haus mit Verstand – Roman über KI

Reisetagebücher - Quer durch Südamerika bis in die USA

S. Pomej hat aus Interesse an der menschlichen Natur Psychologie studiert und lässt die erlernten Störungen plus eigener Erfahrung mit kranken Zeitgenossen, die immer wieder unerwünscht auftauchen, in spannende Bücher und Kurzgeschichten sowie lustige Comic einfließen.

Website: pomej.blogspot.com

Herstellung und Verlag: BoD – Books on Demand, Norderstedt

ISBN: 9783752647792

MIX
Papier aus verantwortungsvollen Quellen
Paper from responsible sources
FSC® C105338